約會大作戰 20 創世十香

DATE A LIVE World Tohka

「放馬過來吧，菜鳥精靈。」
精靈——五河琴里
「——求之不得。」
精靈——鳶一折紙
「……我不會輸。要向士道表達心意的，是我。」
精靈——四糸乃

「真是鬥志高昂啊。」
精靈——時崎狂三
「我跟小六搭檔簡直無人能敵！」
精靈——本条二亞
「唔嗯……」
精靈——星宮六喰

「…………」
「這叫櫻花──
我一直很想讓妳看看。」
高中生──五河士道

「這、這是什麼……是——花嗎？」
精靈——夜刀神十香

「──〈鏖殺公(Sandalphon)〉！」
「──〈暴虐公(Nahemah)〉！」

【——非適合體，回避攻擊。確認生存。排除。】

「——我們才約會到一半呢。」

CONTENTS

序　　章　另一名精靈 ……………… 012
斷章／一　The other me ……………… 020
第 一 章　幸福的世界 ……………… 023
斷章／二　Happiness ……………… 062
第 二 章　兩個舞臺揭開序幕 ……………… 064
斷章／三　Despair ……………… 106
第 三 章　精靈戰爭 ……………… 109
斷章／四　Reunion ……………… 167
第 四 章　最終勝者 ……………… 169
斷章／五　Dear ……………… 235
第 五 章　善良的天神 ……………… 237
終　　章　Last Day Alive ……………… 297

後　　記 ……………… 319

約會大作戰

創世十香

橘 公司
Koushi Tachibana

Kadokawa Fantastic Novels

彩頁／內文插畫　つなこ

精靈
THE SPIRIT
存在於鄰界，被指定為特殊災害的生命體。發生原因、存在理由皆為不明。
現身在這個世界時，會引發空間震，給周圍帶來莫大的災害。
再者，其戰鬥能力相當強大。
處置方法1
WAYS OF COPING 1
以武力殲滅精靈。
但是如同上文所述，精靈擁有極高的戰鬥能力，所以這個方法相當難以實現。
處置方法2
WAYS OF COPING 2
——與精靈約會，使她迷戀上自己。
創世十香
World Tohka
SpiritNo.10×10i
AstralDress-DeaType
Weapon-ThroneType[Sandalphon][Nahemah]

序章　另一名精靈

若要依序闡述崇宮澪一生中印象深刻的事，那大部分——無論好壞——肯定充斥著有關崇宮真士的故事。

與真士初次邂逅那天。

被真士帶到海邊那天。

——真士死在眼前那天。

那些事情就像大樹的樹根或是尖銳的楔子一樣，深深地烙印在澪的記憶裡，成為推動她走向毀滅與救助之路的原動力。

一切都是為了真士，為了挽回與真士度過的最光輝燦爛的時光。基於這個信念，澪獨自戰鬥長達三十年的歲月。

不過，事情總有例外。

在與真士悲喜交織的回憶中，有幾件事令她難以忘懷。

比如說，與時崎狂三相識。

比如說，身為村雨令音的記憶。

以及——

◇

「那件事」，是在澪製造不知第幾顆靈魂結晶時發生的。

——靈魂結晶，將人類變成精靈，如惡魔般的寶石。

澪為了自己的目的，分割自己的力量，產生靈魂結晶，將人類一一變成精靈。

然而靈魂結晶原本並無法與人類的屬性相容。人類接受剛製成的靈魂結晶後，會無法承受它的力量而失控。必須利用無數人類的身體來精煉靈魂結晶，才能打造出完美無缺的精靈。

不過，澪當時心想——若能省下這道程序，不僅能縮減時間，更重要的是還能免去不必要的犧牲。

所以，澪那天用了稍微不同於以往的方式來製造靈魂結晶。

「——成形吧。」

澪悄聲說道，集中精神。

將充滿身體的一部分靈力分割濃縮。此時將對人類有害的「毒素」集中在靈魂結晶內的一處

隔離。

她心想如此一來，即使不把人類當作濾器使用，打從一開始也能產生精煉過的靈魂結晶吧。

「————」

她朝製造出來的結晶吐了一口氣，像是為它注入生命一般。於是，靈魂結晶開始隱隱發光。

這道程序就像一個儀式，也是決定靈魂結晶屬性的最後一個步驟。想像將自己一部分的感情賦予靈力團塊。如此一來，靈魂結晶便會變化成各式各樣的顏色。

若是注入憤怒，便會化為熾烈的紅。

若是注入憂愁，便會化為暗淡的藍。

若是注入後悔——便會化為連沉澱物都看不見的墨黑。

過去的經驗讓澪或多或少感覺到，注入負面情感較容易讓靈魂結晶發揮強大的力量。不過，同時也意味著會增加精煉時所犧牲的人數。

所以，澪這次將溫暖而強烈的情感注入靈魂結晶之中。

那是澪所有的原動力——糾葛的愛戀之心。

然而——

「……咦？」

澪瞪大雙眼，呆愣地發出聲音。

因為在她手中誕生的靈魂結晶突然開始產生脈動。
「靈魂結晶……？這到底是怎麼回事——」
當澪感到困惑時，靈魂結晶鼓動得越來越強烈——不久從澪的手中彈起，飛舞到空中。
在虛空中放射出刺眼的光芒，隨後它的輪廓越來越膨脹。
「什麼——」
強烈的亮光令澪不由得遮住眼睛。
當她睜開眼睛時——眼前出現一名少女。
隨風飄揚的長髮如夜色；從中露出的臉蛋如白瓷。
身穿藍紫色靈裝為鎧甲，美得直擊人心。
「——妳……是……」
「…………」
澪怔怔地發問。少女沒有回答，將視線落在自己的掌心後，像是在確認感觸似的數度反覆握拳又張開。
接著轉動視線，環顧四周的情況——最後才望向澪。
「……妳是何人？」
「……！」

澪聞言，不由得倒抽一口氣。

縱使在心中質疑過，但她果然擁有個人意志。

這異常事態是澪始料未及的。澪的腦海瞬間思緒翻騰。她究竟是什麼人？到底該拿她如何是好？既然能夠溝通，是否代表她會和自己站在同一陣營？但她的存在本來就不在自己的預料之中。為了達到將真士變成精靈這個最終目的，是否應該排除會打亂計畫的可能性？

這些問題之後再說吧。總之，必須先把她復原成靈魂結晶才行——

「什麼——」

就在這時，澪輕聲屏息。

因為當澪得出結論，正打算束縛她的瞬間，站在眼前的少女改變了狀態，宛如「反映出澪的敵意一樣」。

並非樣貌產生變化，但她眼裡點亮的光彩明顯與先前不同。這究竟是——

「——〈暴虐公〉。」

瞬間，少女低喃，隨後黑暗聚集在她的背後，形成巨大的王座。

於是，少女輕輕蹬了一下扶手凌空一躍後，從王座的椅背拔出一把劍——

直接朝澪揮下。

「……！」

劍光猛烈，她的一擊化為衝擊波朝澪直撲而來。澪露出犀利的眼神，在衝擊波快要觸碰到身體之前消弭攻擊。

「……妳這是做什麼？」

「哼——我才想問妳呢。妳的敵意可沒藏好。」

少女唾棄般說完，再次高舉寶劍，連續對澪釋放斬擊。濃密的靈力描繪出劍的軌跡，劃破空氣，企圖誅殺澪。

澪化解攻擊，一邊消除一邊輕啟雙唇：

「——〈輪迴樂園(Ain Soph)〉。」

吶喊此名的瞬間，以澪為中心的空間轉為黑白——壓制住誕生自靈魂結晶的精靈的身體。

從一擊中蘊含的靈力來判斷，可得知她是個力量十分強大的精靈。不過，再怎麼強大的精靈，都無法反抗法之天使〈輪迴樂園〉吧。

「唔……！」

精靈痛苦地呻吟，全身釋放出靈力，試圖掙脫束縛。

但下一瞬間，從澪的靈裝伸出的光帶卻貫穿她的胸口。

「妳這傢伙！」

精靈氣憤地瞪著澪如此說道，她的身體逐漸化為光粒。

數秒後，一顆被光帶包裹住的靈魂結晶在她原本的所在處閃閃發光。

「……真是教人吃驚啊，我還是第一次碰到這種事。」

澪自言自語地如此低喃後，拉扯光帶，將靈魂結晶拉到自己手邊。

然後拿起靈魂結晶，注視它。

接下來只要將靈力注入手中，用力緊握，這顆靈魂結晶將會粉碎得無影無蹤吧。消除危險因子，排除異常事態。考慮到計畫，這是最準確的做法。

「…………」

——然而，澪並未粉碎這顆靈魂結晶。

製造靈魂結晶需要耗費龐大的靈力，即使是澪，也不可能無窮無盡地不斷製造。況且，她也在猶豫是否該這麼無所作為地消滅偶然顯現的稀有精靈。

「不——」

思考到這裡，澪輕輕搖了搖頭。

她試圖在腦海裡尋找正當的理由——結果，依然敵不過最大的理由。

誕生自靈魂結晶——可說是純粹的精靈。

澪肯定不忍心殺死與自己同樣的存在吧。

「……歡迎來到這個惡劣無比的世界——我的孩子啊。」

澪呢喃般如此說完，疼愛地撫摸靈魂結晶。

斷章／一 The other me

她在黑暗中清醒。

不，她不曉得用黑暗中來形容是否恰當，因為她連那裡是什麼地方都無法判別。

這個空間一切都模糊不清、不可思議。全身籠罩著彷彿漂蕩在溫水中的感覺，以及若是一鬆懈似乎便會從指尖慢慢溶化的不踏實感。

在這樣的狀態下，她的腦海掠過一個想法。

——我到底是「什麼」？

隱約冒出的問題。沒有解答的疑問。

唯一有印象的，是創造出自己的女人的樣貌。但對自己基於什麼原因，又是如何誕生的，卻完全一無所知，也同樣不知道——自己是什麼樣的存在。

宛如解開繩索的小船，沒有事物能夠定義自己，只是無所適從地在水面漂蕩。解不開的疑問終將被無聊與倦怠的浪潮吞沒，逐漸淡去吧。

——不過，某次。

（————）

她在這樣的狀態中有了「新發現」。

「那」是別人的內心和感情。擁有明確意志的他人人格。

而與之接觸的瞬間，她便心知肚明。

理解那是一名少女的心，而那名少女也可說是另一個自己。

她不懂自己為何能明白這件事。不過，她的思緒自動將其視為「事實」，甚至不需要驗證。

自己在另一個自己體內，這感覺多麼奇妙。多重人格者尚未顯現出來的人格，就是這種感覺嗎？不——從她的角度來看，說是身體被自己沉睡時萌生出來的另一個人格奪走，或許還比較貼切。

不過奇妙的是，她對另一個自己並沒有湧現憎恨的情緒。

因為得知在空無一物的空間裡，除了自己以外還有「其他事物」，令她開心不已。她並非能看見、聽見什麼，但只要觸碰到另一個自己的心，便隱約能感受到她的心情。

話雖如此——那些感情也未必是好的情緒。

起初是困惑。

接著是恐懼、痛苦、悲傷、懷疑——

另一個自己總是會感受到這種負面情感。

（——人、類……）

另一個自己的心達傳出這個詞彙。

她心生惱怒，並且將讓另一個自己畏怯、傷心之人的名字烙印在心中。

第一章　幸福的世界

打盹兒的狀態類似死亡。同樣是意識逐漸遠去，墜入黑暗之中，頂多只差在之後是否會清醒過來而已。

那麼意識的覺醒算是蘇醒還是新生——五河士道隱約思考著這種無意義的事情，慢慢睜開眼睛。

「…………嗯。」

起先映入眼簾的並非天花板，而是白色的稜線。數秒後，他才發現那是皺起的床單。看來他是趴著入睡的。

「嗯嗯……」

他發出慵懶的聲音並且翻過身，然後坐起身。

熟悉的自己的房間；一如既往的早晨。窗外射進溫暖的陽光，但空氣依然有些冷冽。

認知到這些事情時，士道微微歪了歪頭。

「……今天，是幾日啊？」

是睡迷糊了嗎？怎麼樣也想不起來。不，說得更正確一點，不只日期，連現在是幾月都搞不清楚，唯有撫摸皮膚的空氣溫度表明大致的季節。

雖然士道本身沒有這種經驗，但大醉一場後，隔天清醒就是這種感覺吧？想不太起來入睡前的狀況。明明是一如往常的早晨，莫名的異樣感卻如同煙靄般籠罩頭部。感覺極為無所適從，非常不踏實。

「……算了。」

奇怪的是，想也想不出答案。士道想說之後再確認就好，便搔著頭走出房間。

他下樓，走在走廊上。於是，聽見客廳那邊傳來電視的聲音。看來琴里已經起床了。

「早安，琴里……我問妳喔，今天是幾日——」

士道打開客廳的門一邊問道，話音未落便停止說話。

理由很單純。因為客廳裡有一張出乎他意料的面孔。

一個是琴里，這倒沒問題。士道可愛的妹妹用黑色緞帶將頭髮綁成雙馬尾，現在正含著她最愛的加倍佳棒棒糖，坐在面向電視的沙發上。

問題是她隔壁，有一名少女挺直背脊坐在她身旁。

在後頸紮成一束的淡色髮絲；如機械般端正的舉止和姿勢；冷澈的雙眸亮起的光輝彷彿電子螢幕的背部照明。

「——瑪……莉亞？」

士道雙眼圓睜，呼喚浮現腦海的名字。

沒錯。那副模樣無疑是空中艦艇〈佛拉克西納斯〉的管理ＡＩ瑪莉亞。

「是，早安，士道——你瀏海翹起來了喲。是趴著睡覺嗎？」

「咦？嗯，對啊……」

士道含糊地回應，並用手指撫摸瀏海。瑪莉亞說的不錯，他的瀏海的確翹向一旁。

不過，比瀏海更令他在意的事情，當然是坐在沙發上的瑪莉亞。

瑪莉亞是〈佛拉克西納斯〉的ＡＩ。由於之前經過一番大修改，可以靠聲音來溝通，但她終究是存在於電腦中的人格，並非像這樣擁有實體。

那麼士道又為何能在短時間內辨別出她是瑪莉亞呢——

「…………！」

意識到這一點的同時，士道產生輕微的頭痛，記憶在他的腦中一點一點復甦。

那是戰鬥的記憶。藉由精靈術式獲得初始精靈力量的艾薩克‧威斯考特；對抗他的精靈們。

其中，瑪莉亞因為二亞的天使〈囁告篇帙(Rasiel)〉的力量而得到實體。她好像說過……只要不輸出過多的靈力，之後也能像這樣化為實體。

啊啊，對喔，為什麼我之前會忘記？

忘記那場激烈的戰爭。

忘記大家獲得的勝利。

忘記犧牲自己，拯救士道一行人的精靈——澪的事情。

澪。崇宮澪。

一切開端的初始精靈，同時也是〈拉塔托斯克〉的分析官，村雨令音。

以及士道——不，該說是崇宮真士吧——心愛的戀人。

自己一時之間竟忘了她——

「士道，你怎麼了？還沒睡醒嗎？」

士道手置額頭沉默不語。琴里大概覺得他的狀況不對勁，歪頭表示疑惑。

「啊……沒事。話說，琴里，今天是幾月幾日啊？」

士道輕輕搖了搖頭，再提出剛才中斷的疑問。於是，琴里微微皺起眉頭回答：

「啥……？你果然睡糊塗了吧。當然是三月十九日啊。」

「三月——十九日。」

士道嘴裡呢喃了數次這個日期，陷入沉思。三月十九日。距離士道與令音約會那天——那個決戰之日，大約一個月後。

意識到這件事的同時，記憶又像方才一樣如拉扯番薯藤般接二連三甦醒。

士道等人戰勝了。不過，當時澪與威斯考特同歸於盡。

而一切結束後，澪的靈魂結晶與熊玩偶一起降落到士道等人的面前，「完成它的使命，消融在空氣中」。

直至剛才都模糊不清的記憶鮮明地浮現於腦海。

沒錯。然後，大家懷抱著失去澪──令音的悲痛情緒，恢復平穩的日常生活。

「這樣啊……說的也是……全部──結束了呢。」

士道茫然若失地吐出這句話後，琴里赫然瞪大雙眼，尷尬地挪開視線。

但她又立刻吐了一口氣，從沙發上站起來，溫柔地摟住士道。

「──咦？」

「……對不起，我太不體貼了──那場戰役才結束沒多久，也難怪你會有這種反應。」

琴里說著，加重手的力道。

「琴里……」

士道感覺琴里的手臂在微微顫抖，便抿起雙脣。

──琴里應該不想承認，但那句話肯定也是在說給她自己聽。

村雨令音曾是琴里最信賴的部下和摯友，卻證實了她就是〈幻影(Phantom)〉──最後煙消雲散。儘管琴里在大家面前故作堅強，但她的心情怎麼可能不受到影響？

這麼說來，士道在開戰前早已決定——等一切結束後，一定要盡全力給琴里一個擁抱。

雖然順序相反了，但無所謂。士道張開雙手，緊緊抱住琴里。

「……！士道？」

琴里發出有些吃驚的聲音，不過並沒有試圖脫離或揮開他的手。兩人暫時互相擁抱。

於是——

「……嗯，原來如此。就這麼自然地擁抱啊，不愧是琴里。受益良多啊。」

瑪莉亞見狀，興味盎然地如此說道，然後從某處掏出筆記本，開始在上面做筆記。

「——！」

瞬間，琴里滿臉通紅，朝地板一蹬，從瑪莉亞手中奪走筆記本。

「妳……幹嘛做筆記啊，瑪莉亞！」

「請放心。那不過是將記錄資訊這個舉動簡單表現出來的姿勢罷了——琴里行雲流水般的手段將會留下影像作為日後學習之用。」

「根本完全沒辦法放心啦！馬上給我刪掉，馬上！」

「就算是司令，也不允許自作主張將保存在最重要資料庫裡的紀錄完全刪除。必須通過職位低於副司令，兩名以上的船員與圓桌會議的認可。到時候會公開影像，可以嗎？」

「為什麼會被視為重要資料啦！」

琴里發出哀號般的聲音；瑪莉亞則是若無其事地裝蒜。士道見狀，不禁笑了出來。

「──哈哈，哈。」

「……！你、你笑什麼啊！」

琴里臉頰泛紅，一臉不滿地說道。士道聳了聳肩回答：「抱歉、抱歉。」

「話說，妳們還沒吃早餐吧？我馬上去做──對了，瑪莉亞妳能吃飯嗎？」

「能，沒問題。人類能做的事，這副軀體幾乎都能辦到。抱起來也非常舒服喲，軟綿綿的，令人心動。要不要抱看看？」

說完，瑪莉亞張開雙手。士道似苦笑非苦笑地搔了搔臉頰。

「哈哈……下次有機會再說。」

「嗯……是嗎？看來還是應該像琴里那樣堂堂正正，不管三七二十一地緊抱住你才是正確解答呢──登錄資料庫。分類：撩人法。項目：琴里式。」

「我不是說了別擅自記錄嗎！」

琴里搖晃瑪莉亞的肩膀。士道面帶笑容看著這幅光景，洗完臉換好衣服，著手準備做早餐。

「──那麼，路上小心喔，士道、琴里。」

吃完早餐後，瑪莉亞對整裝待發的士道和琴里揮了揮手。士道以鞋尖敲了敲玄關的地板，也揮手回應瑪莉亞。

「嗯，我們出門嘍。我回家時會順便買菜回來。」

「好的——不過，難得獲得真實的身體，只用來目送士道你們出門未免太可惜了。剛好碰上高中的入學時期，要不要事先辦好手續，讓我能在下個月起插班進入高中就讀呢？」

「……瑪莉亞，妳好歹是〈佛拉克西納斯〉的ＡＩ吧。在不增加二亞負擔的情況下，我可以允許妳實體化，但要是妳不好好工作，我可就傷腦筋了。既然精靈們還殘存少量的靈力，就有靈力失控的危險。」

當瑪莉亞以指尖畫著圈圈說道，琴里便瞇起眼，抱怨似的回答。

「哎呀，妳以為這點小事會降低本小姐的處理能力嗎？高中的教育程度，對我來說根本是小兒科。我會處理好平常的任務，同時在期中、期末考時考個全年級第一。不過，為了獨享第一名的榮耀，可能有必要在考試當天以士道的名義把折紙約出去才行。」

「妳幹嘛企圖引人注目啊！而且妳這樣很明顯是耍賤招吧！」

琴里大喊後，瑪莉亞便嘆了一口氣，聳了聳肩垂下目光。

「好吧。總之，我目前就先甘於現狀吧。目送士道出門也有新婚夫妻的感覺，還不賴。」

瑪莉亞如此說完，像是想起什麼事情似的走向廚房，消失了蹤影。

等了十幾秒後，她穿著可愛的圍裙現身。簡直就像她說的一樣，十足的新婚妻子打扮。

「我再重新說一次，路上小心。」

「哈哈……好，我出門了。」

「真是受不了……」

士道對發牢騷的琴里露出苦笑，並且打開玄關的門。

那一瞬間，一陣吵嚷聲隨著早春柔和的陽光從門前傳來。

「嗯？」

循聲望去，發現是數名精靈聚集在五河家門口。她們是住在五河家隔壁精靈公寓的耶俱矢、夕弦、四糸乃、七罪、六喰。不知為何，竟然連美九也在，她應該住在市內的自己家。

……感覺說是美九像捉迷藏的鬼一樣追著大家跑，發出吵鬧的聲音比較貼切吧。

「哎呀，今天特別熱鬧呢。」

「喂～～妳們到底在幹什麼啊？」

士道納悶地如此詢問後，大家的注意力便集中在他身上——美九趁機抓住七罪。

「七罪，抓到妳了！嗅～～嗅嗅！吸～～吸吸吸吸！」

「呀————————！」

然後直接固定住七罪嬌小的身體，旋即將臉用力埋到七罪的腦袋邊轉邊聞味道。

數秒後，美九的臉蛋特別光滑潤澤，而七罪則宛如被吸乾精氣般憔悴不已。

「啊，達令！還有琴里和瑪莉亞！早安呀～～今天早晨依然美好呢～～！」

「早、早安啊……妳們在幹什麼？美九的學校不在這邊吧……？」

「啊，今天有工作，請假不去上學～～不過，今天的工作挺費勁的，所以在去現場之前先來從大家身上獲得一些能量～～」

說完，美九擺出一個可愛的姿勢。那副模樣完全符合她頂尖偶像的風格。

「咦……原來是這樣啊？」

「戰慄。妳突然撲過來，夕弦還以為妳是被殭屍咬了呢。」

聽完美九的說明，身穿制服的八舞耶俱矢和八舞夕弦姊妹擦拭額頭冒出的汗水。

的確，「獲得能量」通常習慣用來形容得到支持或受到鼓舞這類的行為，但美九的情況只覺得是更直接的吸取精力攻擊。

「妳、妳沒事吧，七罪……」

「嗯……振作一點。」

「……為、為什麼總是我遭殃……」

四糸乃和六喰拉住七罪的手，解救她脫離美九的魔掌。

於是，美九豎起三根手指回答：

「人家選擇七罪的理由大致可分成三點！第一點，因為七罪超級可愛！第二點，因為七罪很香！第三點，因為她的動作比其他人慢，比較好抓。」

「主要是第三點理由吧〜〜〜〜！」

七罪胡亂擺動雙腳，發出哀號。從七罪身上獲得能量而游刃有餘的美九露出可愛的偶像笑容，「欸嘿☆」地裝傻帶過。

「辛、辛苦妳了……七罪。」

「……我已經習慣了。」

士道苦笑著安慰七罪後，七罪便像已經認命似的嘆息。

「不過，七罪妳們怎麼會在這裡？」

「喔喔……我正好要出門……因為琴里卑鄙的策略，我下個月開始就要去國中上學了，所以出門買必需品……」

七罪嘀嘀咕咕地說道，琴里瞇起眼睛，不滿地嘟起嘴。

「誰卑鄙啊，誰──〈拉塔托斯克〉幫妳買齊也可以，但跟朋友一起去挑選文具也很開心不是嗎？」

琴里微微歪了歪頭徵求別人同意。四糸乃和六喰點頭表示認同。

「是啊……我很期待跟七罪和六喰去買東西呢。」

「唔嗯。妾身亦然。三人買同樣之物品也挺有意思的。」

「唔……唔……」

聽見四糸乃和六喰說的話，七罪臉頰微微泛紅，沉默不語。表示贊同也很難為情，不過七罪不僅沒反對，反而表現出一副欣喜的模樣。

美九見狀，腳步踉蹌了一下。

「啊啊……！多麼閃耀的光景呀……洗滌了人家的心靈～～——喂，經紀人嗎？麻煩取消今天的工作～～……咦？不，人家身體狀況沒問題，反而因為剛才補充了能量，精力充沛呢。人家想跟大家去買文具……不不，錄歌唱節目跟買一樣的筆哪個比較重要啊～～！」

「呃，怎麼想都是錄節目吧……！」

七罪搶走美九的手機，低頭道歉：「……不好意思。好的，我會讓她乖乖去工作的……」

「啊～～嗯！七罪妳真壞心～～！」

美九扭動身軀，皺起眉頭。於是，四糸乃和六喰甩了甩頭規勸：

「不可以喲，美九……妳這樣會給工作人員造成麻煩。」

「正是。妳想要一樣的筆，妾身買回來給妳便是。必須盡到自己的義務才行。」

「真的嗎～～！嗯～～嗯……雖然不能直接參加很可惜，不過今天人家就忍耐吧～～」

美九雙眼釋放出閃耀的光彩，莞爾一笑。七罪見狀嘆了一大口氣後，將手機扔還給美九。

這時，後方正好響起「叭叭」的輕微喇叭聲。
「哎呀……」
因為在路上吵吵鬧鬧，擋到別人通行了吧……士道連忙轉頭望向後方。其他精靈也跟著士道望向喇叭響起的方向。
不過，所有人立刻瞪大雙眼。
那裡正如大致預想的一樣，停著一臺造型圓滑的小綿羊輕型機車——但跨坐在機車上的，卻是士道等人熟悉的面孔。
「二亞！」
「呀喝～～大家一大早聚在一起幹嘛呀？」
本条二亞將原本戴著的護目鏡移到安全帽上，朝大家揮了揮手。她也是一名被士道封印力量的精靈。
「沒有啦，我們正要去上學跟買東西……妳才是，怎麼會來這裡？」
「喔喔，我工作完成了固然是很好啦，但家裡沒什麼東西能吃……吃便利商店的食物也沒什麼意思，就想來精靈公寓看能不能蹭個熱呼呼的白飯吃……」
「原、原來如此……話說，妳會騎機車啊？」
士道一邊說一邊望向二亞騎的小綿羊後，二亞便「啊哈哈」地笑道：

「那是當然，我也是個成熟的大姊姊了～我還會開車喲，下次帶大家去兜風吧～～？」

二亞眨了眨眼說道。四糸乃、美九、八舞姊妹和六喰等人歡欣鼓舞，而琴里和七罪則是露出「……真的沒問題嗎？」的視線。

於是，彷彿呼應兩人懷疑的視線，穿著涼鞋出來的瑪莉亞出聲說道：

「──以守護大家安全的我的立場而言，實在不建議這麼做。再說，妳有駕照嗎，二亞？」

「咦？妳很沒禮貌耶～我當然有啊！妳看！」

說完，二亞從錢包拿出駕照。她當然隨身攜帶。順帶一提，照片上的眼睛是半開的。

「嗯。那妳的駕照有更新過嗎？」

「………………咦？」

面對瑪莉亞的指摘，二亞目瞪口呆。

「──妳過去起碼有五年被ＤＥＭ囚禁。這段期間，駕照沒有過期嗎？」

「…………」

二亞目不轉睛地盯著手上的駕照，沉默片刻後──

「…………欸嘿！」

非常可愛地吐了吐舌頭。

「喂、喂，二亞！汝莫非是無照駕駛！」

「危險。嚇死人了……」

「呃，我有什麼辦法嘛！我根本不清楚過了多久時間……話說，這都要怪DEM吧！怎麼能怪我！」

二亞淚眼汪汪，發出哀號般的聲音。琴里嘆了口氣，張開掌心安撫她。

「是該怪DEM沒錯，但警察不知情啊。在被抓之前，去換新駕照吧——吃完飯把妳那臺小綿羊寄放在公寓，或是推回家吧。」

「……知道了。」

二亞一臉不甘心，卻只能無奈地點頭答應。

士道見狀，輕聲苦笑。

「啊哈哈……不過，真是湊巧呢。大家竟然在這種時候聚在一起……折紙和狂三應該也在這附近吧？」

「——叫我嗎？」

「——有人呼喚我嗎？」

「噫……！」

背後突然傳來這樣的聲音，令士道不禁嚇得跳了起來。

循聲望去，發現那裡不知不覺出現一名表情如人偶的少女，與一名用長瀏海遮住左眼的少女

——她們正是方才提到的精靈，鳶一折紙和時崎狂三。兩人都穿著高中制服外加大衣，脖子圍著圍巾。

「折紙、狂三，妳們什麼時候來的……？」

「從剛才就一直在了。」

「我只是剛才路過。因為很熱鬧，想說發生什麼事了。」

「這、這樣啊……」

雖然有點在意折紙所謂的「剛才」是指什麼時候，但總有種強烈的感覺，覺得不能問。士道臉頰抽搐，擦拭汗水。

就在這時，士道歪了歪頭。

「對了，狂三，妳這身制服是……」

「哎呀哎呀，士道，你真是討厭，這麼快就忘記了嗎？那場戰役過後，我也受到〈拉塔托斯克〉的保護，又開始上高中了呀。」

「咦……啊，對……喔。」

聽她這麼一說，好像是有這麼一回事……自己果然是太累了吧。士道含糊地搔了搔臉頰。

「就是這樣沒錯，請你振作一點——不好意思，我要先告辭了，有朋友在等我。」

「朋友？」

這句出乎意料的話令士道瞪大了雙眼，因為他認為這個詞彙實在跟狂三太不搭調了。在自己封印她的靈力之前，她甚至被譽為最邪惡的精靈呢。

「是的、是的——」

不過，狂三並不怎麼在意，望向街尾。士道也跟著往同一個方向望去。

結果看見一名氣質優雅的少女站在那裡。少女大概是察覺到士道的視線，朝他行了一個禮。

士道也反射性地朝她點頭示意。

「那就是……狂三的朋友嗎？該怎麼說呢……沒想到看起來很善良呢……」

「你這是什麼意思？」

「啊，沒有啦。」

狂三瞇起眼睛，探頭窺視士道的臉龐。士道用手摀住嘴巴，一副說錯話的模樣。

不過，狂三見狀，一臉愉悅地發出笑聲後轉身揮了揮手。

「呵呵，算了。我也這麼認為。」

然後打趣地如此說完，直接走向朋友。

「——讓妳久等了，紗和。」

「不會。不過，妳不跟他們一起走沒關係嗎？」

「呵呵呵，沒關係的——就算我不在，似乎還是有許多女孩包圍著士道。」

「哎呀……這可真是……」

狂三與朋友開心地談天說笑。士道儘管無奈地嘆息，但看見狂三祥和無比的側臉，感覺有一股暖流在心中逐漸蔓延。

於是，戴在四糸乃左手的手偶「四糸奈」探頭探腦地環顧這樣的光景，嘴巴一張一合。

「哎呀～～真的是好巧喲～～沒想到一大早就全員集合。士道，你是不是有散發出什麼奇怪的費洛蒙啊？」

「才沒有咧……」

這荒謬的黑鍋扣在自己頭上，讓士道不禁苦笑。不過……「四糸奈」說的也不無道理。過去從沒有過大家在這種時間點齊聚一堂，宛如是有人刻意將他們聚集在一起似的——

「嗯～～？」

就在這時，二亞像是察覺到什麼，環顧每個人的臉龐。

「妳說全員集合……可是少了一個人吧？是先走了嗎？」

「咦？」

二亞這麼一說，士道跟著她巡視所有人。

一群精靈聚集在五河家門前的路上。琴里、四糸乃、七罪、耶俱矢、夕弦、六喰、美九、二亞、折紙、狂三，還有瑪莉亞與狂三的朋友紗和。

不過，確實感覺缺少了什麼。

沒錯。現場還少了一個人——

「——士道！」

瞬間，從公寓出入口傳來生龍活虎的聲音。

「——」

士道反射性地望向聲音來源。

便看見一名少女氣喘吁吁，小跑步朝這邊而來。

在陽光的照射下輕輕搖曳的髮絲如夜色般烏黑；閃耀的雙眸似水晶。可愛無比的五官，因為臉上浮現的天真微笑而平易近人。

沒錯——她就是精靈，夜刀神十香。

這名士道親自為她取名的精靈就在眼前。

「十、香——」

「嗯！抱歉，士道，我有些來晚……了？」

來到士道眼前的十香疑惑地瞪大雙眼。

「士道，你怎麼了？有哪裡痛嗎？」

「……咦？啊——」

士道這才發覺——自己的眼睛流下一行淚。

「沒事……哈哈，可能還很睏吧。」

他一笑帶過，擦拭眼角。

實際上，連他自己也搞不清楚。

為何——看見十香的瞬間，竟然有種心臟絞痛的感覺。

「話說……我們去學校吧，要遲到嘍。」

「喔喔，也對！大家，讓妳們久等了。我們走吧！」

所有人點頭回應十香——動身前往各自的目的地。

天空彷彿顯示出士道等人的前途一般晴空萬里。踏上通學路的步伐輕盈得連自己都嚇一跳。

他經歷過許多悲傷的事和一生難忘的痛苦離別。

不過，即使將那些悲傷和痛苦計算在內，他的人生依然充滿了美妙的邂逅。

想必從今往後，吵吵鬧鬧的開心日子也會持續下去吧。

士道看著大家的笑容，隱約如此心想。

◇

——幾天後的夜晚。結束熱鬧的晚餐，在大家踏上歸途後。

士道收拾完餐桌，脫下圍裙掛在餐桌椅的椅背，輕輕伸了個懶腰。身體充滿些許疲勞與更多的充實感。士道並不討厭這種感覺。因為在洗精靈們吃得一乾二淨的碗盤時，內心便會萌生「下次要做什麼料理讓大家驚豔呢」這種有些類似惡作劇的心態。

「…………」

這時，士道突然凝視著天花板沉默不語。

他對現在的生活沒有不滿。DEM沒有什麼大動靜，與精靈們的日常生活雖然吵鬧卻也很愉快，他由衷希望這樣的日子能夠永遠持續下去。

不過，做完家事或聊天後與人分開時——也就是一個人無事可做時，會有一種莫名的異樣感突然掠過腦海。

「感覺……遺忘了什麼事……」

就在這個時候，客廳的門開啟，隨後搖晃著白色緞帶的琴里將捲起的袖子恢復原狀，一邊走進客廳。

「哥哥，我洗完浴缸嘍～～」

說完，琴里微微一笑。繫上黑色緞帶時的琴里是個威嚴十足又值得信賴的司令官，不過像這樣用白色緞帶紮起頭髮時，則會變成符合她年紀的可愛妹妹。

看見她的笑容，掠過腦海的異樣感立刻煙消雲散。士道對琴里回以微笑，撫上冰箱的門。

「喔。謝啦，琴里——啊，我要喝熱牛奶，妳要喝嗎？」

「好～～！我想喝～～！」

「喔喔，那真是多謝妳的捧場了。」

琴里露出閃閃發光的眼神，大大地點了點頭。奇妙的是，紮成兩束的頭髮看起來就像豎起來動來動去似的。

「……嗯？」

就在這時，士道歪過頭表示疑惑。精靈們全都回去了，瑪莉亞也在〈佛拉克西納斯〉工作，但總覺得聽見士道與琴里以外的聲音。

循聲望去，便看見一名嬌小的少女不知何時坐在客廳的沙發上。

頭髮紮成一束，左眼下有一顆愛哭痣。從她的五官可以感覺到些許士道的影子。

這也難怪。因為她是士道——正確來說是真士的親妹妹，崇宮真那本人。

「哇！」

「真那，妳什麼時候來的！」

「哎呀，就很普通地走進來啊，你沒發現嗎？」

真那若無其事地聳肩說道。看來是在士道洗碗盤時進來的吧……不知道是因為士道非常專注在去除油垢，還是真那有放輕腳步走路的習慣。

不過，他雖然對真那突然登場感到吃驚，卻也很歡迎她的來訪。士道苦笑著聳聳肩，把三人份的牛奶倒入小鍋子，打開爐火。

數分鐘後，看準牛奶的白色表面微微冒出熱氣時，再倒進準備好的馬克杯中。

「好了，讓妳們久等了。」

「哇～～謝謝哥哥～～」

「多謝。我就不客氣了。」

琴里和真那拿起馬克杯，「呼～～呼～～」地吹了吹氣，就口飲用。喝了一口熱牛奶後，

「呼啊……」地吐了口氣。

兩人的動作像是算準了時間般不謀而合，令士道不禁笑了出來。

「嗯？你怎麼了，兄長？」

「噢，不，沒什麼。」

士道隨意帶過，也啜飲一口熱牛奶。柔和的甜味在口中擴散開來，溫和的熱度經過喉嚨，流

進胃裡。
就在這時，琴里像是想起什麼事情似的抽動了一下眉毛。
「真那，妳來這裡就代表做完檢查了吧？結果如何？」
經琴里提醒，士道也點頭表示贊同，並且望向真那。
真那目前隸屬於〈拉塔托斯克〉，不過之前曾被ＤＥＭ俘虜，在那裡受到魔力處理，獲得龐大的力量而成為巫師(Wizard)。
得到這樣的力量怎麼可能不背負任何風險？雖然從外表看不出來，不過真那的壽命只剩十年左右。
本來琴里和士道都不希望讓真那太常戰鬥，結果在先前的戰役，事態還是演變成要借用真那的力量。因此大戰過後，進行比平常更仔細的檢查兼治療。
「喔喔，關於這件事嘛——」
面對琴里的提問，真那稍微瞇起眼睛後，意味深長地停頓了一下，將手擱在胸前。
「……！」
——難不成發現什麼嚴重的問題嗎？突然的短暫沉默令士道緊張不已。
然而——
「不可思議的是……好像痊癒了呢。」

「……咦？」

「痊癒……了？」

真那隨後的發言出乎意料，讓士道與琴里眼睛同時瞪得老大。

「妳、妳這話是什麼意思？妳說痊癒……是指什麼痊癒？」

「就是我的身體啊。據說被DEM盡情改造過的損傷奇蹟似的消失了。我在想是不是澪的靈魂結晶碎裂時的靈力波造成好的影響。檢查人員說只要我注意健康，活到九十九歲都沒問題。」

「是、是這樣嗎……？」

聽見好像在推銷什麼可疑健康器具的說詞，士道不禁皺起眉頭。

士道望向琴里要求說明，琴里「嗯～～……」地將手指抵在下巴思考了一下後，吐舌回答：

「我不知道耶！」

「不過，既然〈佛拉克西納斯〉的機器出現這樣的結果，那麼真那的身體應該是真的痊癒了吧～～原因還有待調查就是了……」

「這、這樣啊……」

雖然無法完全接受，但如果是真的，那就太值得慶幸了。士道握住馬克杯的握柄，舉起杯子作勢要乾杯。

於是，琴里和真那像是察覺到士道的意圖，同樣舉起馬克杯。士道等人彼此莞爾一笑，輕輕碰撞杯緣。

「感覺所有事情都發展得太過順利了呢……不過，這是好事吧？」

「就是說啊～～ＤＥＭ處於瓦解狀態，所有精靈都很幸福！再加上懸而未決的真那的身體也痊癒了！這樣還抱怨的話，可是會遭天譴的～～」

「就是說啊，兄長。哎呀～～那我也必須多考慮一下我的人生規劃才行呢。我原本想像閃光一樣風馳電掣地過完我的人生，看來天不從人願啊——不過啊，琴里，能讓我跟四糸乃她們一起插班進入國中就讀嗎？從今往後要生活下去，最終學歷只有小學畢業實在太難看了。」

「喔～～！當然行啊～～讀我們學校可以吧？」

琴里和真那歡欣鼓舞地討論起未來的計畫。

看見這幅光景，士道感覺自己自然而然地泛起微笑。

然而——下一瞬間。

「——你們真的這麼認為嗎？」

「…………！」

突然從某處傳來這樣的聲音，令士道肩膀抖了一下。

對此產生反應的不只士道，琴里也一樣表露出吃驚的情緒，而真那則是表情染上警戒之色，謹慎地放眼四周。

最先察覺聲音來自何人的，是真那。她一臉不悅地目露凶光，「嘖！」地咂了嘴。

「——妳有啥貴幹啊，〈夢魘〉，不……時崎狂三。」

「哎呀、哎呀，真那竟然直呼我的名字，我看明天可能會下冰雹嘍。」

這句話傳來的同時，一道漆黑的影子盤踞在房間地板上，隨後從中出現一名少女——狂三。

她留著一頭遮住左眼的黑長髮，轉圈降臨現場，以荷葉邊裝飾的裙襬因此張開飛揚，接著畢恭畢敬地行了一個禮。她的服裝既不是制服也不是靈裝，而是非常符合她氣質的黑白洋裝。

「狂三……？妳這是做什麼？直接從玄關進來不就好了……」

士道儘管瞪大雙眼，還是不怎麼緊張地如此說道。

過去面對狂三時，他或許感到更加戰慄，但如今狂三也是受〈拉塔托斯克〉保護的精靈。她的表情已不見過往那種如出鞘利刃般的危險氣息。

然而，過去與狂三交手過無數次的真那似乎依然對她沒有好感。真那當然不會突然攻擊狂三，也如狂三指出的一樣，開始用名字稱呼她而不是呼喚她的識別名……不過，真那看她的眼神還是透露著凶狠之色。

但是狂三本人不怎麼在意的樣子——反而甚至像是對她的反應樂在其中——將嘴脣彎成新月的形狀。

「——我這是保險起見，或許是無謂的抵抗，但若是有一絲可能性不讓『那位人物』察覺到我的行動，最好還是事先防備。」

「那位人物……？」

即使士道對狂三賣關子的說法感到疑惑，狂三也只是意味深長地笑了笑。真那見狀，更加不悅地嗤之以鼻。

士道像在安撫真那般苦笑，改變問題繼續發問：

「話說，妳剛才說『你們真的這麼認為嗎』……這是什麼意思？」

「就是字面上的意思。」

狂三如此回答後，裝模作樣地慢慢張開雙手。

「『真那的身體莫名其妙地痊癒了；歷史不明所以地如願改變了。不知為何，那場戰役結束後，所有事情都圓滿解決了』……你們真的認為會有這種事嗎？」

「……妳想說什麼？我的確認為事情發展得太順利，但實際上就是如此啊，有什麼辦法？」

回答狂三問題的是琴里。紮起頭髮的緞帶不知不覺換成黑色，轉換成司令官模式。

「唉，也難怪妳會這麼想……不對，這個想法本身也許是世界灌輸給我們。實際上我在不久前也跟你們一樣，不覺得有什麼問題。」

狂三將手抵在下巴思考。她那拐彎抹角的說話方式令真那不耐煩地盤起胳膊。

「我聽得一頭霧水，可以請妳給我說清楚一點嗎？」

於是，狂三臉上的笑容突然消失，依序望向士道、琴里和真那的眼睛後宣告「那件事」。

「——這個世界並非我們原本所處的世界，而是某人創造出的世界——事情就是這樣。」

「…………咦？」

沉默片刻後。

士道從喉嚨發出錯愕聲。

不，不只士道。琴里，甚至連真那也像是聽不懂狂三在說什麼，露出啞然的表情。

「妳、妳在說什麼啊，狂三。這裡不是我們原本所處的世界……？」

「是的。DEM的艾薩克．威斯考特曾夢想將世界改寫成鄰界——雖說形式與他不同，但有人實現了非常類似的事情。」

「什麼……」

艾薩克．威斯考特。聽見這個名字，士道感覺自己的心臟猛烈跳了一下。

他是DEM Industry的創始者，也是始作俑者魔法師，製造出精靈的元凶。他的目的是透過精靈的力量，將世界「改寫」成魔法師的世界。

士道等人的戰役說是為了阻止他也不為過。

士道與精靈們對抗強大的敵人以保護自己等人的世界。

然而，世界卻在士道等人不知不覺間被改寫了嗎——？

士道將手置於額頭，試圖整理混亂的思緒。

「請給我等一下。假設妳說的是真的好了，為什麼妳能察覺這件事？」

真那一臉困惑地皺起眉頭詢問。

這個問題問得真有道理。士道等人在聽狂三提起之前，甚至沒有對這個世界抱持任何疑問。

或許正如狂三所說，這個被創造出來的世界有權限影響自己的思緒。既然如此，只有狂三察覺到世界的真相也很奇怪吧。

不過，狂三像是早已預料到會遭到質疑似的點了點頭，慢慢將手舉到面前。

「我之所以能追溯出真相，其實也是完全出於偶然，順帶得知的。不過……我保證不是誤會或是我個人主觀性的想法——你們應該沒有忘記吧？無所不知的天使大名。」

說完，狂三將掌心朝上。

「——〈囁告篇帙〉。」

然後高喊其名後，她的手上便出現一本裝幀精美的書。

天使〈囁告篇帙〉。能得知這世上所有情報，無所不知的天使。

原本是二亞擁有的天使，但二亞的靈魂結晶被威斯考特奪走，最後落入狂三手中，因此狂三如今成為擁有兩種天使的珍貴精靈。

「……——」

士道見狀，屏住呼吸。

如果是〈囁告篇帙〉，的確有辦法追查出隱藏在背後的真相。

當然，也有可能是狂三在說謊。不過，擁有〈囁告篇帙〉的不只狂三。得到澪分配的靈力後，二亞也恢復到能正常使用〈囁告篇帙〉的程度了。假如不是純粹想嚇士道他們一跳……狂三沒有理由說謊吧。

不過如此一來，又有一件事令人費解。

「究、究竟……是誰，以什麼樣的方法——」

士道怔怔地發出低喃般的聲音。

這是理所當然的疑問。不論是擁有鄰界的澪，還是獲得同等級力量的威斯考特，都在之前的那場戰役中死去，所有精靈的靈力也被士道封印了。不用說也知道，士道並沒有改寫世界。

至少士道想不出有什麼人能夠做到，或是試圖做出如此超乎常理的事。

「…………」

士道望向狂三乞求答案，狂三輕聲嘆息後，目不轉睛地盯著士道的雙眼。

「要我回答很簡單。不過，就算我說得再多，你能否相信又另當別論了。」

「呃，但妳不說，又要我怎麼相信——」

「請聽我把話說完——不用問我，你自己看就知道了。」

「咦……？」

士道聞言後瞪大雙眼，但他立刻便察覺到狂三的意圖。

士道體內封印著所有精靈的靈力，只要有心，就能辦到和狂三一樣的事。

「……原來如此。要我使用〈囁告篇帙〉嗎？」

「不——」

狂三輕聲說完，消除〈囁告篇帙〉，做出用指尖抵住自己太陽穴的動作。

「使用〈囁告篇帙〉也無所謂，但我建議你使用〈刻刻帝〉。用【十之彈】射擊自己——並非能得到單純的知識，而是能實際感受到過去的回憶。」

狂三說完，露出有些複雜的表情。

想必狂三也親自嘗試過了吧——肯定是因為無法相信用〈囁告篇帙〉得知的情報。

「…………」

士道緊張得吞了口水點點頭後，垂下視線，集中注意力。

「——〈刻刻帝〉——【十之彈】。」

然後高喊其名，士道的手中便握著一把短槍，一道影子被吸進槍口中。

「士道……」

「兄長——」

琴里與真那有些不安地望著他。

老實說，士道也是類似的心境，但是讓兩個可愛的妹妹感到不安也非他所願。士道像是在表示「別擔心」似的點了點頭後，將〈刻刻帝〉的槍口抵在太陽穴。

然後，在腦海裡描繪想探索的記憶——扣下扳機。

「————」

瞬間響起「砰」的清脆聲音，頭部同時竄過一陣輕微的衝擊。

沒有疼痛感，倒是宛如水瓶開了個洞，記憶流進腦海。

那是理應未知的光景。

理應未體驗過的情景。

戰役結束後，澪消失後的戰場。澪的靈魂結晶飄落到士道等人的眼前。

沒錯。到目前為止，記憶並沒有出入。

澪的靈魂結晶應該在這裡消失了——

「…………！」

然而——

出乎意料的畫面卻闖入士道的視野之中。

是手。一隻手伸向逐漸消失的靈魂結晶。

（——不好意思，這東西我要了。）

然後——是聲音。一道凜然的聲音響徹腦海。

士道連忙望向聲音來源。

然後，目睹手與聲音的主人面貌。

啊啊，那是——

「————十、香————」

腦海裡擴展開來的光景被一道刺眼的光芒填滿的同時，士道半下意識地吐出她的名字。

「咦……？」

「是——十香嗎？」

聽見士道說的話，琴里與真那皺起眉頭。

不過，士道也不是不明白她們的心情。假如士道沒有直接回想起自己的記憶，肯定會表現出類似的反應。

眼前的光景就是如此沒有現實感。

——十香。除了五年前的琴里之外，她是士道最先封印的精靈，也是過去支持士道無數次的功臣。士道甚至敢肯定地說若是沒有她，自己早已灰心喪志了吧。

正因為如此，他才難以置信。若是其他人倒也就罷了，沒想到偏偏是十香奪走了澪的靈魂結

晶，改變了世界──

「──事情就是如此。」

狂三像是察覺到士道的困惑般微微聳了聳肩……原來如此，〈刻刻帝〉或許真的比〈囁告篇帙〉適合。

「妳說這裡是……十香所創造的世界嗎？利用澪的靈魂結晶力量……？」

士道自言自語說完，狂三便垂下雙眼，大大地點了點頭。

「是的，無庸置疑。這裡是十香夢想中的溫柔世界，一切的問題都迎刃而解，所有憂慮都被不自然地清除的理想空間。」

「她究竟……為何要做出這種事……？」

士道茫然地呢喃。

這裡的確與威斯考特描繪的世界截然不同。擁有和原來世界一樣的情景，束手無策的問題都能被解決的夢想世界。就某種意義而言，或許可說是非常具有十香本色的世界。

不過就算如此，士道還是無法認同。因為他強烈認為奪取澪的靈魂結晶，試圖改寫世界這個想法本身，實在與十香的人格相去甚遠。

狂三輕輕聳了聳肩，並且搖頭說道：

「──很遺憾，這我就不清楚了。正如我們所知，雖說〈囁告篇帙〉無所不知，卻唯獨無法看穿不確定的未來和人心。」

〈囁告篇帙〉原本的主人——二亞似乎也說過同樣的話。

不過，得到剛才的情報也已經十分珍貴了。士道讓因緊張而加速的心跳平靜下來，並且對狂三微微低頭道謝。

「……哎，謝謝妳，狂三。要是沒有妳，我搞不好連這個世界有哪裡不對勁都無法察覺。」

「呵呵呵，這樣或許也很幸福吧。」

「我、我說妳啊……」

士道臉頰流下汗水，正想說話時，狂三打斷他，接著說：

「——這裡是十香創造的理想世界。對士道你們來說，應該也是個如願以償的世界。就算與原本的世界不同，但對沒有察覺是幻夢的人而言，就跟現實沒兩樣。」

狂三做出滑稽的動作說道。真那聞言，一臉不服地嗤之以鼻。

「既然妳這麼想，又為何要告訴兄長真相？」

「因為我跟妳們不一樣，不是乖孩子呀。」

這個回答非常符合狂三的個性，卻也是個故弄玄虛，遮掩真心話的含糊回答。真那一臉不悅地皺起眉頭。

「妳這傢伙。」

「呵呵呵，我開玩笑的，別擺出那麼可怕的表情嘛。」

狂三開懷大笑了一會兒後，突然垂下視線。

「——我也沒打算否定這個如溫水般安樂舒適的世界，如果能永遠沉浸在這裡。」

「……妳這話是什麼意思？」

琴里露出納悶的表情詢問。狂三輕聲嘆息後，接著說：

「這裡的確是理想世界，但不過是奪走澪的靈魂結晶，硬創造出來的東西罷了——若是置之不理，不久後，世界將會連同十香一起自我毀滅吧。」

「「什麼……！」」

——十香與世界將會自我毀滅？

聽見狂三吐出的可怕話語，士道等人不禁屏住呼吸。

「等一下，那是怎樣啊……！」

「你問我，我也不知道呀。正如我剛才說過的，我也無法猜測出十香真正的意圖。」

狂三以無比冷靜的態度對驚慌失措的士道等人搖搖頭。

……不，正確來說，其實狂三也並非完全不慌亂。只是比士道等人先得知真相的她，早已經歷過一番內心的波動和戰慄了吧。與狂三度過的時光讓士道察覺到這一點。

「……這樣啊……」

而因為意識到這一點，士道早已恢復冷靜——因為他認為在這充滿混亂的情況下，不該把「冷靜」這種負擔強壓在她一個人身上。

狂三大概是感受到士道的想法，微微揚起嘴角。

「——總之，我能得到的情報就是這些。之後的應對就交給專業的去處理了。」

狂三如此說完，「咚、咚」踏著舞步，優雅地拎起裙襬。配合這個動作，她的身體逐漸沉入影子之中，宛如從舞臺上離開一樣。

盤踞在地板上的影子捲起小小的漩渦——不久後，連痕跡都消失得無影無蹤。

「「…………」」

有好一會兒，五河家的客廳流淌著寂靜的空氣。

不過——這股沉默並沒有持續太久。琴里從口袋裡拿出加倍佳棒棒糖扔進嘴裡，露出銳利的視線。

「……總之，採取行動吧。如果狂三說的是真的，情況刻不容緩。立刻召集大家，舉行對策會議。」

「……！好……！」

士道聽見琴里說的話，點頭回應。

斷章／二 Happiness

近來她心情不太好。

因為從某個時間點起，她感受到另一個自己的情感開始慢慢產生了變化。

吃驚、喜悅、快樂、開心——

與前陣子無可比擬的正面情緒如洪流般不斷湧來，劇烈變化得甚至有種冰冷刺骨的凍土開始冒出花芽的感覺。

恐懼與怯懦偃旗息鼓，也感覺不到悲哀與寂寥。有一段時間似乎也曾感受到強烈的憤怒——如今憤怒也被歡喜與興奮的漩渦吞噬，消失得無影無蹤。

另一個自己肯定發生了什麼好事吧。

當然，她並不知道另一個自己具體而言發生了什麼事情。因為她能做的，頂多只是隱約感受到對方的心情而已。

不過，對現在的她來說，這樣就夠了。

從另一個自己流進來的溫暖情感。光是能感受到那些情緒，她就很幸福了。只要另一個自己感到開心，她也覺得開心；另一個自己感到快樂，她的心也跟著雀躍。

話雖如此，當然——

若說自己不好奇是「什麼」讓另一個自己有如此劇烈的變化是騙人的。

第二章 兩個舞臺揭開序幕

——狂三造訪士道家約一小時後。

從精靈公寓和市內自家過來的精靈們齊聚在飄浮於天宮市上空一萬五千公尺的空中艦艇〈佛拉克西納斯〉的作戰指揮室。

所有人都穿著居家服或睡衣外加一件外套的裝扮，在圓桌前就座。雖然用一句話來概括，但有像美九穿的那樣毛絨絨的可愛睡衣，也有像二亞穿的那種袖子沾到墨水的鬆垮運動服，種類十分廣泛。

老實說，這場集會看起來氣氛並不怎麼緊張。畢竟在這麼晚的時間召集大家，也無可奈何。雖然也能等到隔天早上，但如今事態刻不容緩，重點是能召集大家又不引起十香懷疑的，也只有十香入睡的時候了。

另外琴里還拜託瑪莉亞同時調查世界與十香，讓真那在艦內待命，保持警戒態勢以防萬一。也早已把船員們召集來艦橋，自從威斯考特一戰之後，這還是〈佛拉克西納斯〉第一次如此充滿緊張感。

「這個世界……是十香製造出來的嗎……？」

簡單說明狀況後。

回覆士道的是四糸乃。

她歪了歪頭，鬆軟的髮絲因此微微晃動，一雙大眼睛瞪得更加圓滾滾了。戴在她左手的兔子手偶「四糸奈」也跟著靈巧地做出類似的動作。

她的表情看不出戰慄和恐懼這類的情緒，頂多只透露出困惑和不知所措吧。

不只四糸乃，耶俱矢、夕弦、六喰、二亞、美九、七罪——聚集現場的大部分精靈都露出類似的表情。

「士道，汝究竟在說些什麼呀？」

「同意。這是什麼意思？」

「呼啊……唔嗯，對不住……突然被令妹吵醒……」

「被改寫過的世界——啊！我的原稿一片空白，該不會就是這個原因吧？可惡～～在原本的世界我早就畫完了好嗎～～！既然被改寫也無可奈何了～～！」

「啊！是這種體系嗎？那搞不好在原本的世界，是七罪一直在跟人家求抱抱呢！」

「……不可能。只有這件事絕對不可能。」

大家有的歪頭表示疑惑，有的打呵欠，或是吵鬧不已。

不過，這也難怪。並非難以相信或聽不懂士道說的話，而是因為太過荒唐而啞然不已吧。實際上，士道剛才從狂三口中聽見這世界的真相時，一開始也是表現出這種反應。

不過，其中有一人立刻掌握住狀況，露出銳利的視線——是折紙。

「——告訴我詳情吧。」

說完，她將手肘拄在圓桌上，十指交扣，望向士道。

其他人大概也感受到非比尋常的氣氛，紛紛停止說話，面向士道。

「……好。其實——」

士道輕輕清了一下喉嚨，再次說明狀況。

十香奪走了即將消失的澪的靈魂結晶。

以及——若是置之不理，十香將會和世界一起自我毀滅。

「…………」

「……什麼？」

「怎麼會……」

隨著話題展開，大家的表情漸漸染上戰慄之色。

披著深紅色外套的琴里環視大家的模樣，倏然起身。

「——正如妳們所聽到的。雖然很想認為是狂三開的惡劣玩笑，但用士道的〈刻刻帝〉也已經證實了。」

「十、十香究竟為何要做出這種事情呢～～……？」

美九臉頰流下汗水問道。不過，士道也只能搖頭。

「不知道……可是，我不認為十香會毫無理由就做出這種事。」

「「…………」」

士道說完，所有人一語不發。這股沉默表示大家默默贊同。

沒錯。十香不可能為了滿足自己的欲望改寫世界，一定有什麼理由。

但是不知道是基於何種理由。據說再這樣下去，十香會和世界一起毀滅。她自己怎麼可能沒發現如此嚴重的狀態？一定有什麼理由讓她寧願背負這樣的風險，也必須得到澪的靈魂結晶。

「——我們來整理這件事吧。」

當士道的思緒就要陷入死胡同時，琴里拍了拍手，大聲說道：

「十香在原本的世界奪走了澪的靈魂結晶，創造出這個世界。不過，這個世界有壽命限制，置之不理便會走向毀滅。必須盡快讓十香放棄靈魂結晶，使世界恢復原狀才行——因此，當務之急是了解十香的目的。」

「十香的目的嗎……如此一來……」

「推測。是想要吃飯吃到撐嗎？」

耶俱矢與夕弦一臉苦惱地將手抵在下巴，如此說道。雖然發言本身有點離譜，但兩人的表情十分認真。

「……是很符合十香的個性沒錯……但再怎麼樣也不可能因為這種理由就改寫世界吧。況且這種小事，在原本的世界也能實現啊。」

七罪瞇起眼，無奈地搔了搔臉頰。實際上說的確實有道理。

「唔嗯……既然如此，直接詢問十香便可吧？」

六喰搓揉著雙眼，緊接著如此說道。

「這樣未免也太……」

士道苦笑著如此回答——不過中途停頓後，發出低吟，盤起胳膊。這個方法的確非常簡單，而且不能用於平常的攻略。但現在的對象是十香，這個方法不見得沒效。

琴里也是如此思考吧，只見她面有難色地發出低吟。

「……的確，如果束手無策，也只能直接問她了吧。不過，那終究是最後的手段。我甚至不知道是否應該讓十香知道我們已經察覺到世界真相的這個事實。畢竟十香是統治這個世界的人，讓她得知這件事的瞬間，她也有可能……讓大家的記憶恢復到得知這個事實之前。」

「「…………」」

聽見琴里說的話，精靈們無不倒抽一口氣。

雖然難以想像也不想認為十香會做出這種事，但她改寫世界是不爭的事實。既然對方占有壓倒性的優勢，就必須經常事先預料好最壞的情況，再採取行動。

「……說的也是，但總不能坐以待斃吧。只能若無其事地去刺探十香——」

就在士道說到這裡時——

「——哦？我還在想我的姊妹們這麼晚聚集在一起是在做些什麼，原來是在討論如何摧毀我的世界啊。」

「「……！」」

某處突然傳來這樣的聲音，令士道等人僵住了。

「這、這聲音是……」

「——十香……！」

士道呼喚她的名字後，圓桌中央的空間歪斜扭曲，一名搖曳著如夜色般漆黑長髮的少女從中現身。

她和大家一樣穿著睡衣，不過雙眸不見平常的天真無邪，只是閃爍著冰冷的光芒。像是坐在隱形的椅子上那般飄浮在半空中，以超然的態度俯看士道。

「我不知道你們是怎麼發現這個真相的，但你們只要給我乖乖沉浸在夢中就好。」

「什、什麼……」

十香判若兩人的氣質與說話態度，令士道頓住話語——不過，他這才發現。

沒錯。現在的十香雖然外表是十香，言行舉止卻不像十香。

但士道對她為何會處於這種詭異的狀態心裡有數。

「難不成……是反轉——？」

「什麼——」

士道說完，琴里瞪大雙眼。

沒錯，靈魂結晶的反轉。當精靈的心陷入絕望時所引發的現象。精靈顯現的靈力屬性發生變化，令自我消失——或是像十香一樣，出現其他人格。

而十香過去曾數度發生反轉現象，當時支配十香身體的正是這個冷酷暴虐的另一個十香。

「反轉——也就是說，改寫世界的並非平常的十香，而是妳嘍？」

折紙表情透露出警戒之色問道，反轉十香微微瞇起眼睛表示肯定。

「……！」

突如其來的事態令士道感到緊張和戰慄的同時，也感到莫名的認同與安心。士道熟知的十香果然不是會奪走靈魂結晶和改寫世界的少女——

不過儘管知道了這件事，事態並不會因此解決。

就算改寫世界不是十香的意思，仍舊不清楚反轉十香的目的是什麼。

「……既然盼來了本人，事情就好辦了——妳的目的是什麼？到底為何要做出這種事？」

想必琴里和士道思考的是同一件事吧。儘管臉頰流下一道汗水，她還是維持強勢的態度，提出疑問。

這的確是最後的手段，但既然對方已經得知士道等人的企圖，事情就另當別論了。事已至此，慎重行事早已失去意義。琴里認為只能直接詢問，孤注一擲了吧。

於是，反轉十香回望琴里的眼睛，半晌後用鼻子冷哼一聲。

「沒什麼，只是覺得將世界掌握在手也不錯。」

「妳說什麼……？」

「我透過十香的眼睛，目睹了等同於我母親的女人死亡的過程。我雖然看那女人不順眼，但她的力量則另當別論。反正都要消失，那麼歸我也沒有問題吧。」

「…………」

反轉十香說完，士道目不轉睛地盯著她的臉龐以揣測她真正的想法。

真的是因為這種理由嗎？還是有其他目的，卻故弄玄虛？倘若是後者，她不想讓自己等人知道的目的究竟是什麼——

士道在思考這些事情的時候，突然冒出了一個疑問——沒錯。士道今天早上遇見的十香，無庸置疑是平常的十香。假如反轉十香的目的真的是統治世界，那她特地把身體的支配權還給十香的理由究竟是什麼……

「——哼。」

就在士道思考著這種事情的時候，反轉十香厭煩地嘆了一口氣。

「也罷。這裡已經是我的世界，就算如螻蟻的你們有何企圖，也不會有任何改變。」

她如此說道，倏地舉起右手。

「「……！」」

這個動作令精靈們之間充滿緊張，士道也嚥了一口口水。

（——讓她得知這件事的瞬間，她也有可能讓大家的記憶恢復到得知這個事實之前。）

琴里剛才說的這句話掠過他的腦海。現在這個世界掌握在反轉十香的手中。對她來說，這種小事根本是輕而易舉吧。

大概是察覺到大家戰慄的心情，反轉十香再次用鼻子冷哼一聲，彈了一個響指。

瞬間，飄浮在空中的她扭曲歪斜，逐漸消融在空氣中。

片刻過後，作戰指揮室恢復到她出現前的狀態。

「——各位！」

在所有人目瞪口呆時，最先出聲說話的是琴里。

「記憶正確嗎？身體有沒有異狀？如果有什麼在意的事，不管多小都要說出來喔！」

她著急地望向所有人，連珠炮般滔滔不絕地說道。

這也難怪。畢竟剛才出現在士道等人眼前的，是千真萬確主宰這世界的少女。而且以她的角度來看，士道等人無疑是企圖擾亂世界的絆腳石，她怎麼可能不動任何手腳就離開。

不過，精靈們互相對望後搖頭回答：

「沒、沒有……我想沒有問題。」

「……沒有異狀。」

「嗯，一切正常。」

不過，其中的二亞卻像是察覺到什麼事情似的赫然瞪大雙眼。

「啊～～！不、不好了，妹妹！」

「！怎麼了，有哪裡不對勁嗎！」

「我的胸部變得這麼扁平！剛才還有F罩杯耶！」

「…………」

琴里一語不發地瞇起眼，用手刀一掌劈向二亞的腦袋。

「好痛～～！幹嘛啦，妹妹～～二亞我只是說個幽默的笑話緩和一下氣氛嘛～～」

「好歹看一下時機和場合好嗎……！」

琴里氣呼呼地聳起肩膀，再次環視所有人後，這才鬆了一口氣。

「看來什麼事都沒有呢……」

「嗯……好像是呢。」

「……她在盤算什麼？我們對她來說應該是絆腳石才對，竟然不處置我們就離開……」

「──我能想到的可能性，大致分為三種。」

琴里將手抵在下巴低吟後，折紙便出聲答道。

「第一種，她完全不把我們放在眼裡。或許很屈辱，但對我們而言是最值得慶幸的一種。」

「……嗯，也是。還有呢？」

「第二種，她已經把特定的記憶從大家的腦海中抹去，然後用她的力量讓大家認為『一切正常』。」

「什麼……」

「戰慄。不過，的確有這個可能。」

精靈們紛紛冒冷汗。然而，以反轉十香的力量確實並非不可能。

「不過，只要我們有〈囁告篇帙〉，就算有什麼改變，應該也能確認。我不認為她會忽略這一點。若是要改變記憶，只要連同我們現在抱持的疑慮一併消除就好。所以，在我們談論這件事時，記憶遭竄改的可能性雖不至於為零，但機率非常低。」
「原來如此……」
「接下來是第三種——放過我們是有用意的。也就是說，我們之後採取的行動跟她的目的有關。」
「————」
折紙說完，士道感覺自己的心臟猛然跳了一下。
反轉十香打算讓我們執行某件事——這樣的確就說得通了。難怪反轉十香突然登場，又對理應是絆腳石的士道等人置之不理。
精靈們大概也是同樣想法，只見大家一副若有所思的樣子，沉默不語。
然而絲毫沒有頭緒。畢竟對方是創世主，動一動指尖就能實現願望，獲得〈神祇(Deus)〉之力的最強精靈。如果有什麼願望，只要用自己的能力實現就好。就算需要精靈們的力量，也只要利用權力強制或操縱她們來協助自己就行了吧。
「……無論如何——」
當所有人陷在迷惘與困惑的漩渦中，出聲引導大家的果然還是琴里。
「雖然不清楚她的目的，但唯一能確定的是她的真實身分——既然如此，我們該做的就只有一件事。」

對吧，士道？——琴里望向士道。

憑藉琴里的話語和視線，士道便了然於心——這也難怪，畢竟他過去已反復做過無數次「那件事」。

「不管對手如何強大，只要她是精靈——肯定就能封印她的靈力。」

沒錯，那就是士道的力量。澪為了創造出完美無缺的真士而給予他封印靈力的力量。

「只要封印住被吸收進十香體內的澪的靈力……」

「——世界就會恢復原狀，也能防止十香自我毀滅……是嗎？」

「沒錯——不過要附上『應該吧』這個不確定的詞彙就是了。」

琴里輕聲嘆息，聳了聳肩。想必琴里也沒料想過會碰到這樣的情況吧，要她抱有十足的把握才是強人所難。

不過，也沒有其他方法了。士道緊張得吞了口水，緊握拳頭。

「為了封印十香的力量——必須與她約會，讓她迷戀上我。」

「就是這樣。」

琴里點了點頭，從口袋拿出加倍佳棒棒糖扔進嘴裡。

「好了——開始我們的戰爭（DATE）吧。」

◇

隔天早上。士道站在精靈公寓四一〇號房——十香的房間。

他的脖子裝設了最新型的通訊器，而通訊另一端有〈拉塔托斯克〉的精銳們在待命。

沒錯。士道等人在那之後繼續開作戰會議，立刻決定對反轉十香展開攻勢。

當然，對方是能力不詳的精靈。本來應該保留更多時間來好好準備，擬定對策後再挑戰。

不過既然不知道十香的身體和澪的靈魂結晶會在何時迎來極限，就沒辦法如此從容不迫——

況且，這種事要靠氣勢。這是琴里和士道共通的見解。

『——那我們立刻行動吧，士道。對手雖不好對付，但也無須過於神經緊繃。她的力量的確很強大，不過你也不是現在才知道這一點吧？只要像平常一樣約會，肯定沒問題的。』

「……好，我知道了。」

士道對透過通訊器傳來的琴里的說話聲頷首後，做了一個深呼吸，按下十香房間的門鈴。

——然而，沒有反應。等了十幾秒後，士道再次按下門鈴。

即使如此，玄關的門還是完全沒有動靜。不僅如此，連一個腳步聲都沒聽見。

「嗯……？難道她沒有回家嗎？」

『不可能。房間裡確實有偵測到十香的反應。有可能是還在睡覺，或故意不理會——』

『——或是以我們意想不到的方式，讓我們偵測到錯誤反應。』

通訊器突然傳來瑪莉亞的聲音如此補充。的確，這點小事對現在的十香來說，根本是易如反掌吧。

不過，不，正因為如此才產生了疑問。得到如此強大力量的十香，為何有必要故意混淆自己的所在地？

至少士道毫無頭緒。再按了一次門鈴後，他不經意地握了握門把。

「嗯……？」

『怎麼了，士道？』

「門沒鎖……」

他打開精靈公寓特有的玄關厚門，呢喃般說道。

『你說什麼？那果然不是在睡覺嘍？不過先不論平常的十香，倒是不清楚反轉十香有沒有鎖門的習慣……』

「總之，我去確認一下。如果只是在睡覺，等她睡醒就好，也有可能是沒聽見門鈴聲。」

『的確是如此——進去看看吧。』

士道點頭回應琴里後，把門完全打開，踏進十香的房間。

雖然曾造訪過幾次這裡，但總覺得氣氛不同。是因為主人變了嗎？還是因為士道這麼認為而影響了自己的感覺？

無論如何，就像琴里說的，不要太過神經緊繃。士道嚥了一口口水，大聲喊道：

然後努力裝出平常那樣輕鬆隨意的態度說話。

「喂～～十香，妳在嗎？我要進來嘍。」

然而，依舊沒有反應。士道輕輕敲了敲脖子的通訊器發送暗號，脫鞋進屋。

在走廊走到一半時，房內這才出現了變化。

因為左方——浴室的方向傳來「喀恰」的聲響。

「！十香，原來妳在家啊。抱歉，因為門沒鎖，我擔心妳——」

當士道正想陳述事先準備好的藉口時——卻中途停下。

不過，這也理所當然。因為眼前出現的是長髮滴滴答答滴落水滴，一絲不掛的十香。

「——！十、十十十十十香……！」

「是你啊。真是個無禮又吵鬧的人類。」

十香——從說話語氣來判斷，是反轉十香——唾棄般如此說道，一點也不害臊地交抱起雙臂。披散在白皙乳房上的髮絲微微晃動，士道連忙移開視線。

『瑪莉亞！』

『請放心。已經加上螢幕濾鏡了。』

透過通訊器傳來琴里、瑪莉亞，以及聽似遺憾的男性船員的聲音。不過，現在的士道根本沒有餘力安心。他避免直視十香的裸體，大喊：

「呃！咦……妳、妳怎麼這副模樣啊……！」

「我在自家沐浴有何不妥？」

「啊！對，是沒有什麼不妥……」

說的沒錯。很顯然是未經主人許可，擅自闖進別人家的士道行為不妥。士道滿臉通紅，一臉抱歉地低下頭。

不過，反轉十香卻一副滿不在乎的樣子，也沒有責備士道，只是一臉厭煩地瞇起眼睛，歪頭問道：

「——有何貴幹？我難得大發慈悲放你們一馬，這樣還不滿足嗎？那麼無妨。性命、身體、記憶，哪一樣你不需要？」

「等、等一下！」

反轉十香慢慢舉起一隻手。士道驚慌失措地連忙搖頭。

「不是啦……我今天是來邀請妳約會的！」

「——你說約會？」

反轉十香挑了一下眉尾，將手置於下巴，一副若有所思的樣子。

片刻過後，她一把揪起移開視線的士道的前襟，逼他面對自己。

「哇……！」

「別亂叫，想被消滅嗎？」

「……！」

反轉十香以充滿冷酷光芒的雙眸瞪視士道。士道不停搖頭。

於是，反轉十香冷哼了一聲，繼續說：

「約會。你說了約會吧——也罷，我就奉陪吧。」

「……！真、真的嗎！」

聽見反轉十香出乎意料的回答，士道不禁瞪大雙眼。當然打從一開始士道就是為了讓反轉十香答應和自己約會才來這裡的，但他萬萬沒想到她會這麼坦率地答應。

不過，反轉十香抓著士道的前襟，將視線微微移向下方。

「啊啊——不過，我可不允許這種不識趣的行為。」

「咦——？」

瞬間。

十香眼睛一瞪，士道的脖子便響起「啪嘰」一聲，令他不禁閉上雙眼。

「好痛……」

隨後冒出一道細長的白煙，一股燒焦味撲鼻而來。

頓了一拍後，士道這才發現是貼在脖子上的小型通訊器被破壞了。

「妳、妳這是做什麼……」

「那是我要問的吧。邀我約會是你這傢伙，那就別耍小聰明，憑一己之力好好招待我吧。」

說完，她怒視士道的眼睛。

說得非常有道理。士道無言以對，只能默默點頭表示投降。

於是，反轉十香有些心滿意足地吐了一口氣，這才終於鬆開揪住士道前襟的手放開士道。

「咳……！咳……！」

「好了，人類，那你再重新說一次。」

「咦……？」

「你剛才說的話。你該不會在這麼短的時間內就已經忘了吧。」

反轉十香以銳利刺人的目光看著士道說道。士道緊張得喘不過氣來。

「…………」

說到能想起的臺詞，就只有一句。士道整理衣襟，調整呼吸後，凝視著反轉十香的雙眼——說道：

「十香，等一下可以跟我……約會嗎？」

「——喔喔，真的嗎！」
結果——
下一瞬間響起的聲音令士道覺得有些不對勁。
並不是音調有所改變。只是以反轉十香來說，這道聲音未免太過天真無邪又活潑開朗了。
感覺整體散發出來的氣息也變得柔和許多，剛才凶狠的雙眸瞪得圓滾滾的，眉毛描繪出溫柔的弧型。不僅如此，原本冰冷白皙的臉頰如今帶點紅潤，嘴角像是難掩歡喜和興奮，描繪出新月的形狀。
簡直就像是——
「十……十香？是十香嗎？」
士道茫然地發出聲音。
沒錯。剛才呈現反轉狀態的十香在一瞬間恢復成原本的十香。
「唔……？士道，你怎麼了？我當然是我啊。」
十香一臉納悶地歪了歪頭。士道連忙笑著蒙混過去。
「說、說的也是。哈哈……」
「就是說啊。你在說什麼……啊……？」
就在這時，十香像是察覺到什麼似的眨了眨眼。然後，將視線慢慢移向下方——落在自己只有髮絲和水滴緊貼的身軀上。

「什麼……！這這這是怎麼回事呀，士道！為什麼我會是這副模樣！」

十香滿臉通紅地大喊後，當場蹲下遮住身體。

「咦！咦咦！呃，那是十香妳自己——」

「說什麼傻話啊！如果是我自己脫掉衣服，怎麼可能會忘記！啊……！該不會是你用〈贋造魔女(Haniel)〉把我的衣服……！」

「才、才沒有！冤枉啊！」

雖然用〈贋造魔女〉的確辦得到這一點，但士道只能這樣辯解。他拚命搖頭喊冤。

於是，十香滿臉通紅地仰望士道，「……唔。」嘟起嘴脣。

「……這樣啊。雖然感覺莫名其妙……但既然士道這麼說，我就相信你吧。」

「十、十香……」

「士道即使會脫女人的衣服，也不會說謊嘛……」

「……是、是啊。我該說……謝謝妳嗎？」

士道有些困惑地皺眉，搔了搔臉頰……畢竟十香說的話也不全然有錯，因此難以否定。

總之，不能讓十香一直一絲不掛。士道走向盥洗室，拿來一條浴巾披在十香身上。

「喔喔……謝謝你，士道。」

「沒什麼好謝的。趕快把身體擦一擦，換上衣服吧。」

「嗯。畢竟好久沒約會了呢……！」

十香靈巧地把浴巾圍在身上，迅速站起來說道。

士道思考了一下——自己的目的確實是讓十香心動，封印住她的靈力。不過，奪走澪靈魂結晶的是反轉十香，他不知道跟現在的十香約會是否正確。

不過，這樣的想法也只是短暫掠過腦海。

「——嗯，真是期待呢。」

面對十香天真無邪的笑容，士道除了如此回答，別無選擇。

「——士道、士道！請回答！」

琴里坐在空中艦艇〈佛拉克西納斯〉艦橋的艦長席，朝麥克風不斷呼喚士道。

不過，裝設在艦橋上的擴音器只傳來雜訊聲，完全沒有回應。不僅如此，連跟在士道身邊的自動感應式攝影機也不再傳影像回來。簡單說，就是與討好反轉十香的士道完全失去了連繫。

「唔……究竟發生了什麼事！」

「——十香的靈力值上升的瞬間，通訊器與自動感應攝影機就被破壞了。十之八九是十香幹的好事。」

站在艦長席隔壁的少女——瑪莉亞愁眉不展地摸著下巴說道。琴里皺起眉頭，啃咬含在嘴裡的加倍佳棒棒糖。

「新的自動感應攝影機呢？」

「那個也——」

「剛才派出去了，不過進入觀測範圍的瞬間就遭到破壞。派人過去恐怕也是一樣的結果。」

打斷瑪莉亞、回答琴里的，是站在瑪莉亞另一側的副司令神無月恭平。他也表情嚴肅地面向顯示雜訊的主螢幕。

不過，總感覺他說話的語氣帶有跟瑪莉亞較勁的味道。實際上，神無月搶走瑪莉亞要講的話後，似乎望向瑪莉亞，勾起嘴角得意地笑了一下。

瑪莉亞見狀，表情有些不悅。

「總之，只能交給士道了。為防萬一，先準備好戰鬥裝備吧。」

「瑪莉亞，妳在說什麼啊？此時此刻必須以確保士道的人身安全為優先。我認為應該立刻將士道傳送回〈佛拉克西納斯〉。」

神無月反駁瑪莉亞的提議。兩人隔著艦長席四目相交，火花四濺。

「恕我直言，神無月。既然十香已有所警戒，繼續干涉有可能適得其反。我認為這時最好先暫時觀望。」

「哎呀，沒想到〈佛拉克西納斯〉ＡＩ會給出這種意見。在這裡失去士道，就代表作戰失敗。此時應該先暫時撤退。」

「如果你的頭蓋骨裡除了煮爛的烏龍麵，還塞了別的東西，希望你再思考一下。假如十香想加害士道，根本沒必要做這種事。既然故意破壞攝影機和通訊器，視為有話不想讓我們聽見比較妥當吧。連這種程度的事情都想不到，就默默當個五河家的玄關踏墊度過一生，別禍害這個世界好嗎？」

「什麼……！用辱罵這招未免太詐了吧，瑪莉亞！就算妳委婉地給我嘗甜頭，我也不會把艦長席旁邊的位置讓給妳！妳以為我為了爬到這個最容易被司令辱罵、最容易被司令踐踏的位置！吃了多少苦頭啊！就算妳得到了實體，一個初出茅廬的機器女孩——」

「吵死了。」

「呀喔！」

受不了頭上脣槍舌戰的琴里兩手一揮，朝艦長席的兩側出拳。左手擊中神無月的心窩，站在右側的瑪莉亞似乎仰起身子閃過了攻擊。

「總之，先靜觀其變吧。若是感應式攝影機無法就近拍攝，就從遠距離——」

琴里話還沒說完，口袋裡的智慧型手機便響起輕快的來電聲開始震動。

「——！」

最先閃過琴里腦海的對象是士道。她心想：會不會是通訊器被破壞的士道瞞著十香偷偷打電話來？

「咦……？」

然而，螢幕上顯示的名字卻出乎她的意料，令她不禁皺起眉頭。

「琴里？怎麼了嗎？」

「……啊，不，沒事。」

琴里搖了搖頭回應瑪莉亞後，按下通話鍵。

於是，話筒另一端傳來耳熟的笑聲。

『——嘻嘻嘻，嘻嘻。』

「狂三，妳究竟有何貴幹？抱歉，我現在有點忙。」

琴里將手機抵在耳邊，語帶嘆息地如此說道。

沒錯，打電話來的正是時崎狂三本人。

『呵呵呵，請放心，士道平安無事，似乎也順利邀請到十香約會了。通訊器和攝影機之所以會被破壞，主要理由好像也是因為不希望有人干擾約會。』

「！妳究竟怎麼會——」

說到這裡，琴里止住了話語——用膝蓋想也知道，因為如今狂三的手中擁有無所不知的天使，甚至能揭發世界的真相。

「我由衷覺得幸虧妳是最近才得到那個天使的。」

『呵呵呵，我就當作是讚美收下了。』

狂三樂開懷地嘻嘻嗤笑。琴里覺得有種說不上來的恐怖感，輕輕嘆了一口氣。

「所以妳是特地打來跟我說這些事嗎？那我就先謝過了。」

『別客氣，我也受到妳不少照顧，彼此彼此吧。』

狂三半開玩笑地說完這句話，接著說：

『——不～～過，我要說的不只這件事。我想請妳一個人來我接下來要告訴妳的場所。』

「……怎麼回事？妳用〈囁告篇帙〉查過了，應該知道我正在執行作戰吧。」

『是的、是的，我知道。不過，眼耳被破壞的琴里你們能做的只有待機吧？既然如此，稍微陪我一下也無妨吧。』

「我說妳啊……就算是這樣好了，司令官怎麼可以擅離職守——」

『——就算我說是為了士道和十香的約會……也不行嗎？』

「……妳說什麼？」

聽見狂三說的話，琴里懷疑地瞇起雙眼。

◇

到了三月下旬，氣候也變得暖和許多。琴里沒穿厚外套降落到地上後，四處張望。

「應該是這附近沒錯啊——」

她從〈佛拉克西納斯〉降臨的地方是位於天宮市郊外的自然公園一角。廣大的用地樹木繁茂，遠方可見木製的運動設施和運動場等等。以狂三指定的場所來說，還真是十分太平呢。

不過，若說完全沒有異樣，那倒未必——明明是假日早晨，竟然看不見任何在廣場玩耍的孩子或溜狗的附近居民，宛如發布空間震警報時的情景。

於是——

「唔嗯……？位於彼處的，不是妹妹嗎？」

當琴里在觀察周遭情況時，後方突然傳來這樣的聲音。

「六喰？」

看見眼前的少女，琴里瞪大了雙眼。沒錯，因為竟然在杳無人跡的公園看見穿著薄大衣的六喰。

「這究竟是怎麼回事？妳不是應該在公寓嗎……」

「嗯。妾身原本的確在自己房間……不過狂三打電話來——說若是想幫助郎君和十香，便立刻到指定的場所來。」

「妳說什麼？」

跟琴里接到的電話是相同的內容。看來六喰也跟琴里一樣被狂三叫了出來。

「她究竟有什麼打算？為什麼把我和六喰——」

「啊～～！」

就在琴里對狂三的意圖百思不解時，這次又從別的方向傳來洪亮的聲音。

「這不是琴里和六喰嗎～～！真巧耶～～！啊！該不會是來見人家的吧？還是說是上天的安排！兩個都很美妙呢，總之可以先讓人家抱一下嗎～～？」

美九滿嘴胡言亂語地跑了過來。琴里伸出手使勁阻止美九前進，高聲吶喊：「六喰！」

「嗯……！」

洞察琴里意圖的六喰朝美九的頭頂施展一記手刀，這才讓美九安分下來。

「呀～～！六喰反應真是太激烈了～～」

「真是的……沒想到連美九也在這裡——妳該不會也是被狂三叫來的吧？」

「咦！妳怎麼會知道～～？」

美九吃驚地瞪大雙眼。聽見意料之中的回答，琴里咬著指甲露出嚴肅的表情。

「美九也是啊——狂三也是跟妳說，如果想幫士道和十香就來這裡嗎？」

「咦？不是耶，她是用聽起來非常苦惱的聲音低聲對人家說：『我想跟妳單獨談談……我們的未來。』」

「……這、這樣啊。」

琴里臉頰流下汗水，如此回答……看來約出來的方式也是形形色色。應該說，還真虧她會聽信那種可疑的說詞，來到這種地方呢。下次可能要辦個講座，教導她如何避免受到詐欺或仙人跳比較好。

就在琴里思考這種事情的時候——

「琴里……？」

「……奇怪，大家都在……」

「哦？已經有人先到了嗎？看來不只我們收到前往黑暗的邀請函呢。」

繼六喰與美九後，精靈們接二連三聚集到公園。四糸乃、七罪、八舞姊妹和折紙，甚至連大白天卻還是睡眼惺忪的二亞都來了。

除了十香和狂三，竟然有九名精靈齊聚在幽靜的自然公園。大家似乎都是被狂三叫來的，望著彼此的臉龐，驚訝得瞪大雙眼。

琴里見狀，一臉不悅地板起臉。

「……越來越可疑了呢。要召集大家，跟我說一聲不就得了，為什麼狂三要做這種事——」
「——呵呵呵，不要這樣懷疑我嘛。」
「……！」
突然傳來的聲音令琴里肩膀微微一震。
於是，彷彿在回答琴里的疑問，一道影子盤踞在所有人中央，身穿黑外套的狂三從中現身。
「狂三——」
「……嗚哇，出現了。」
「呀～～！人家等好久了～～！」
面對狂三的登場，精靈們紛紛做出反應。狂三愉快地望向精靈們，最後勾起嘴角望向琴里。
「各位，歡迎妳們。真開心妳們一個不少地全員到齊。」
「別寒暄了，直接進入主題吧——妳召集我們的理由是什麼？為什麼特意個別召喚？妳說跟士道和十香有關，是真的嗎？」
「哎呀哎呀，真是急性子呢。妳要學習從容一點，否則無法成為一名成熟的淑女喲。」
「……要妳管啊。」
琴里狠狠瞪了狂三一眼，如此說完，狂三便嘻嘻嗤笑，裝模作樣地當場轉了一圈。
「那麼，我一個一個來說明——首先，之所以召集大家，無非是為了讓士道與十香的約會順利成功。」

狂三重複與電話裡相同的內容。琴里和大多數精靈點了點頭，催促她繼續說下去。雖然也有一小部分的精靈，比如說美九，大受打擊地說：「咦～～！不是要談論我們的未來嗎～～！」和揉著雙眼的二亞回應：「……咦！是妳說要介紹無論是什麼樣的原稿都能在一小時內完成的傳說中的助手給我，我才忍著睡意過來的耶……」反正，就算是誤差吧。

「而各別召集的理由也很單純——因為『接下來要開戰的對手們』感情融洽地一起上戰場也很奇怪吧。」

「……啥？」

聽完狂三語氣愉悅地說出的話，琴里不禁發出錯愕的聲音。

不，不只琴里，其他精靈也表現出類似的反應。狂三看見大家的表情，一副忍俊不禁的模樣，更加深了臉上的笑意。

「開戰……？我們嗎？狂三，妳到底在說什麼啊？是吃錯藥了嗎？」

「呵呵呵，很遺憾，我正常得很。如果這樣就發狂，我的人生應該會更輕鬆一點吧。」

狂三有些自嘲地聳肩說道。琴里猜不透狂三的意圖，盤起胳膊，沉默不語。

大概是把琴里的沉默解讀成催促，狂三保持微笑繼續說：

「我就從頭解釋吧——首先，十香的狀態比大家所想的還要嚴重。不久後，她的身體便會和世界一起自我毀滅吧。這樣可能連和士道順利約會都難以完成。」

「「什麼……！」」

狂三突如其來的發言令琴里等人不禁屏住呼吸。

她們早就知道十香的性命危在旦夕，只是沒想到期限如此緊迫——

「如果這是真的，妳為什麼一開始不說呢，狂三……！」

「哎呀哎呀，以琴里妳的身分，竟然說出這種話嗎？要是讓士道知道，不就沒辦法開開心心地約會了嗎？」

「唔……」

雖然有種被駁倒的感覺，但她說的也不無道理。儘管緊咬牙根，還是只能收斂氣勢，示意狂三繼續說下去。

於是，狂三恭敬地行了一個禮，接著說：

「我也不希望這個世界毀滅。而在這個世界上能阻止十香的，就只有士道一人。不過，就算是士道，沒有足夠的時間也難以達成吧。」

「……我有點摸不著頭緒。」

「首肯。所以妳到底想說什麼？」

八舞姊妹焦急地說道。於是，狂三像是就需要這樣的反應似的點點頭接著說：

「我想說的話非常簡單——既然時間所剩無幾，增加就好了呀。用我們的靈力讓這個世界存活得久一點——直到士道讓十香對他怦然心動。」

「讓世界……」

「存活……？」

四糸乃與七罪有些困惑地皺起眉頭，面面相覷。「是的、是的。」狂三大大地點頭稱是。

「不知是幸或不幸，這裡是十香創造的世界——一切都在十香的掌控之下。」

「——原來如此。所以才會連結到開戰啊。」

對狂三說的話最先表示理解的是折紙。她凝視著狂三，雙眸悄悄燃起明確的意志之火。

「呵呵呵。不愧是折紙，幸虧妳理解得快。」

「咦？這、這是什麼意思呀～～？」

美九來回望向狂三和折紙的臉，要求說明。於是，折紙以淡淡的口吻開始解釋：

「——我想各位都有經驗吧，只要顯現出靈裝和天使，就會逐漸消耗體內的靈力。不過，那些靈力並非消失，而是呈現出朝四周釋放的狀態。像是CR-Unit〈布倫希爾德（Brynhildr）〉的兵裝〈恩赫里亞（Einherjar）〉，就是收集那些散發出來的靈力化為利刃的武器。」

「理解。是折紙大師使用過的長矛吧。」

「原來如此喵……所以呢，這武器有什麼問題嗎？」

夕弦點頭表示理解，二亞則是歪頭表示疑惑。折紙瞥了兩人一眼後，接著說：

「現在這個世界是十香的支配領域。換句話說，我們散發出來的靈力有可能被世界吸收，結果幫助十香的世界存續下去。而消耗靈力最有效率的方式——」

「——就是用天使交戰，對吧。」

琴里說完，折紙點頭回應。

於是，狂三拍了拍手。

「回答得真棒——各位都理解了嗎？」

「「…………」」

狂三說完，所有人沉默不語。不過這也難怪，突然接收到各式各樣的情報，大家應該內心一片混亂吧。

其中有一隻手慢慢舉起——是二亞的手。

「……不好意思，三三，我可以用我的〈囁告篇帙〉調查一下嗎？我不是不相信妳啦……只是這個想法實在太過異想天開了。」

「…………」

於是，狂三瞇起眼看了一下二亞——輕輕點了點頭。

「……好的，妳想查就請便吧。」

「嗯。那麼——拜託你嘍，〈囁告篇帙〉。」

說完，二亞舉起手，手上便出現一本閃閃發光的書籍。

二亞翻開那本書後，唸唸有詞地用手指描繪紙面——

「……！三三……！」

然後像是看見難以置信的畫面般瞪視狂三。

「我在。怎麼了嗎？」

而狂三的反應則是極其冷靜。她臉上浮現柔和的笑容回望二亞。

二亞見狀，輕聲嘆息道：

「……妳這個性還真吃虧呢。」

「哎呀、哎呀。」

聽見二亞說的話，狂三含糊地笑了笑。兩人的對話令琴里納悶地皺起眉頭。

「怎樣啦，妳看見什麼了，二亞？」

「……嗯，很遺憾，三三說的是真的。我們目前能做的，大概就只有這件事了吧。之後只能祈禱少年順利打動十香的芳心了。」

「…………」

雖然二亞的回答有點牛頭不對馬嘴——但她的表情不容許琴里再問下去。平常嬉鬧的態度已不復見，她的眼神滿是些許困惑與沉靜強悍的意志——這麼說或許有點失禮，不過二亞第一次看起來像個成熟的大人。

然而，二亞立刻像是轉換心情般拍了拍手。

「——好！那來決定規則吧～～總之，就在這裡開打可以吧？」

「是的、是的。『我們』在這一帶趕人，不用擔心附近居民誤闖進這裡——原則上是顯現靈裝和天使來戰鬥，當靈力耗盡，無法顯現這兩樣時就淘汰，這樣可以嗎？既然戰鬥的目的是釋放靈力，當然禁止攻擊毫無防備的對象。」

「咻～～！能幹的女人就是不一樣呢，三三！」

二亞吹著口哨，反應誇張地向後仰。感覺她那詼諧的態度讓周圍的氣氛輕鬆了一些。

「……啊啊，真是的，我知道了啦。既然只有這個方法，那我就奉陪吧——不過，有一個問題。」

「問題嗎？」

「是的……不好意思，我的靈魂結晶個性很差，長時間使用力量會被破壞衝動吞噬，是非不分。要是打到一半只有我一個人陷入互相廝殺的情緒就糟糕了吧。」

琴里聳著肩說完，狂三像是早就料想到她的憂慮般莞爾一笑。

「至少『在現在這個世界』——不必擔心。」

她如此說完，大幅度地舉起右手。

結果彷彿配合這個動作，狂三腳下擴大的影子開始蠢動，纏繞在她身上。

——靈裝。保護精靈的絕對鎧甲，亦是堡壘。

而且外形和過往的靈裝有些不同。散發淡淡光芒的哥德蘿莉風洋裝加上宛如修女的裝飾，就好比是狂三與威斯考特交戰時所顯現的限定靈裝呈現出完整狀態的姿態。

「不是……限定靈裝？妳那是——」

琴里露出銳利的視線，眼神帶有些許戒備。被士道封印靈力的精靈基本上只能顯現出限定的靈裝才對。然而狂三身上的洋裝散發出的濃密靈力，顯然是完全狀態的靈裝所散發出來的。

「呵呵呵，別露出那麼可怕的表情嘛。並不是我動了什麼手腳——妳們也顯現出靈裝看看，應該能辦到一模一樣的事。」

「……這是怎麼回事？」

琴里納悶地詢問後，狂三便以緩慢的步伐踏著舞步，回答：

「這個世界是十香創造的完美扭曲的幻想世界；真那的身體痊癒，紗和死而復生的溫柔世界。所有條理似乎都會配合我們的需求而改變——我用〈囁告篇帙〉確定過了，侵蝕琴里的破壞衝動已經消除。」

「……原來如此。」

琴里瞇起眼睛，交抱雙臂，然後環視精靈們的臉龐，確認大家的意志。
「——據說是這樣。各位，妳們能幫忙嗎？」
琴里說完，精靈們一齊用力點頭。
「了解。」
「嗯，當然……！」
「嗯。為了郎君和十香，並無理由拒絕。」
「是啊。啊，雖然禁止攻擊無法顯現靈裝和天使的人，但照顧應該沒問題吧？對吧？」
折紙、四糸乃、六喰表示同意，美九則是歡欣愉悅地搖擺著身體。
琴里露出苦笑後，八舞姊妹緊接著揚起嘴角勾勒出笑容的形狀。
「呵呵，就算撇除幫忙這一點，也很有意思嘛！」
「同意。精靈中誰最強——若說對這件事沒興趣是假的。」
說完，耶俱矢和夕弦四目相交，眼裡閃耀著好奇心和鬥志。
看來雖然動機各不相同，但大家似乎都沒有異議。琴里面向狂三，想制定更詳細的規則。
然而就在這時，七罪軟弱無力地舉起手。
「……那個～～……」
「哎呀，七罪，有什麼問題嗎？」

「……沒有啦，我對釋放靈力讓世界存續下去這件事本身沒有意見……可是我一定很弱，所以可以的話並不想戰鬥……沒有更和平的方法嗎？比如說，數一、二、三，慢慢用靈力互相攻擊之類……」

七罪一臉抱歉地縮起肩膀說道。

也對，並不是所有人都像八舞姊妹那樣喜歡競爭，會出現這種意見也是理所當然。

不過，狂三卻大大地搖頭否定七罪的言論。

「啊啊，啊啊，這樣不行喲。用那種溫和的方式無法將靈力擠得一乾二淨，況且——」

「……況且？」

「那樣就不好玩了呀。」

「說出真心話了吧，混帳……！如果只要釋放靈力，根本沒必要刻意做那麼危險的事嘛！」

七罪胡亂搔了搔頭髮，發出哀號般的聲音。不過狂三滿不在乎，一臉愉悅地說：「事到如今，妳就放棄掙扎吧。」

「不過……七罪說的也不無道理呢。」

「咦？」

「——就算有拯救世界這個冠冕堂皇的理由，大家的關係都很融洽，有可能手下留情。要使出真本事以天使交手，也許需要另一個動機，刺激心靈的某種因素。」

「刺激心靈的因素……？」

「是的、是的。說得清楚一點，就是『獎勵』。」

狂三豎起一根手指說道。「哦……？」八舞姊妹以及其他精靈興味盎然地瞇起眼睛。

「獎勵啊……到底要拿什麼當獎勵好呢？如果是〈拉塔托斯克〉有辦法準備的東西，我倒是可以安排。」

「呵呵呵。還不至於要勞煩琴里妳。」

狂三如此說完，由衷開心地勾起嘴角。

「我想想──獎勵就定為『向士道表達心意的權利』如何？」

「「什麼……！」」

狂三說完──

精靈們的眼睛同時睜得圓滾滾的。

「據我所知，似乎還沒有人向士道正式表達過心意──

這樣的話，不是剛好嗎？不管得到的答覆為何，能搶先別人一步向那個優柔寡斷的士道告白，這個機會是否值得拚命去爭取？」

「「…………」」

精靈們一語不發地視線相交後，同時嚥了一口唾液。

「向士道……告白……？」

「比其他人搶先一步——」

「……如果輸了——」

「就會有我以外的其他人向士道告白——？」

已經毋須多言。

情況就是如此淺顯易懂，精靈之間燃起無聲卻猛烈的火焰。

大概是察覺到大家的鬥志，二亞勾起嘴角，宣布開戰似的吹了吹口哨。

「——咻～～大家好像提起幹勁了呢。少年跟十香似乎也進展得很順利——我們也來場盛大的戰爭(DATE)吧。」

就這樣，恐怕會成為歷史上最大規模的精靈戰爭——揭開序幕。

斷章／三 Despair

絕望一湧而上。

只能如此形容的強烈情緒朝她襲來。

（————）

以往也經常受到另一個自己的情緒強烈的影響。曾感到悲痛欲絕，也曾因滿腔怒火而差點失去理智。

不過，那終究屬於能自我控制的情感。事實上，另一個自己也立刻收斂情緒，再次演奏平靜情緒的旋律。

——不過，這次不同。

是一種另一個自己的存在本身產生裂痕的感覺；以往享受的幸福將全部失去的失落感。就連過去被恐懼與悲哀籠罩時，也不曾感到如此絕望不已。另一個自己究竟發生了什麼事——

（……！）

就在這時，她發現了一件事。

以往只能隱約感受到的另一個自己的內心漸漸帶有明確的實像。

然後，她才理解——另一個自己的內心墜落到她所在的領域。

（——）

她不由自主地伸出手。正確來說，是集中意識想像伸手的畫面。

於是，她的手——長期未接觸任何東西的手感受到某種觸感。

啊啊，那是手的觸感。觸摸到的瞬間，她便理解自己現在握住了另一個自己的手。

沒錯，宛如與另一個自己交替，自己的意識被拉到表層的感覺——

「…………」

下一瞬間。

她時隔已久地用自己的眼睛觀看世界，用自己的耳朵聆聽聲音，用自己的肌膚感受清風。

與以前看見的風景截然不同。陰暗的房間；堅固的建築物。不見創造出自己的精靈，倒是有幾名人類包圍住自己。

「……這裡是哪裡？」

她低喃一句。長期沒有發聲的喉嚨有點疼痛。

「…………」

她不悅地皺起眉頭——慢慢想起自己直到剛才還存在於另一個自己的體內，然後與她交換，現身於這個世界。

以及——另一個自己感到絕望不已一事。

她睥睨現場的人們，決定下一步行動。

——暴虐。她像是要為另一個自己報仇似的，大肆胡鬧。這當中的某人，或是所有人，讓另一個自己陷入絕望。那就不能原諒，必須打倒他們，取回安寧。

不過——其中有一名奇怪的男子。

他採取的行動很奇妙，明明朝自己過來，卻沒有敵意；朝這邊呼喚，吶喊像是名字的詞彙。

最後——他主動把劍丟掉，旋即將自己的脣印上她的脣。

「什……你這——」

她在狂暴的驚愕中，感覺意識被拉回原本的地方。

第三章 精靈戰爭 Date of Spirit

「——哼哼哼哼，哼哼哼哼，哼～～哼哼♪」

十香開心地哼著歌。士道和她一起走在天宮市的大道上。

或許是因為昨天學校開始放春假，明明是上午，感覺行人比平常多一點。陽光和煦，春風微暖。商店街的店頭張貼著主旨為聲援新生活的海報，令人不由得感受到相遇與離別交織的新季節已來臨。

走在街頭的十香也穿著淡色外套搭配長裙的春裝。在那之後約等了三十分鐘，吹乾頭髮、換好衣服的十香化身為光鮮亮麗的漂亮小姐。

「…………」

如此理所當然的事，士道心中卻突然湧起一種莫名的感慨。畢竟十香剛開始住進精靈公寓時，還把吹風機誤認為武器，吹風機吹出暖風的同時，害她差點靈力逆流。

不，不僅如此，起初連穿衣服的方式都很奇怪。把襯衫穿反只是小兒科，她還曾經把腰帶誤以為是投擲武器，打破玻璃，甚至把運動服當褲子穿。

由此可見，十香的人類生活過得是苦難連連，就像是突然被扔進一個等同於一無所知的世界。雖說有〈拉塔托斯克〉協助，還是有很多事一頭霧水吧。

不過，十香幾乎不會重蹈覆轍，也不怕犯錯。享受在一無所知的世界中學習事物——面對她滑稽的失敗而苦笑不已的士道，不知不覺對她的心態懷抱著一種敬意。

……會想起這種事情，也是因為春陽和煦嗎？士道搔了搔臉頰，瞥了一眼心情愉悅地走在旁邊的十香。

怎麼看都是平常的十香。至少他不認為是反轉十香在演戲。

奪取澪的靈魂結晶的，是反轉十香。這應該不會有錯。然而，是不是既然她們共用一個身體，與十香接吻就能封印她的靈力呢？可是——

「——士道。」

突然被呼喚名字，士道不禁抖了一下肩膀。

「喔、喔，什麼事？」

雖然是特殊狀況也無可奈何，但在約會中對女孩子置之不理，想事情想這麼久，未免太扣分了。士道發出高八度的聲音如此回答。

不過，十香並不怎麼在意的樣子，露出有些懷念的表情指向前方。

「你還記得嗎？好像是在這附近。」

「咦……？」

聽十香這麼一說，士道望向她所指示的方向。

但並沒有什麼特別的東西，就只是街道。既沒有十香會喜歡的餐廳，也沒有顯眼的紀念碑。

士道思考了半晌，還是沒有頭緒，只好一臉抱歉地面向十香。

「……抱歉。這裡有什麼嗎？」

「什麼嘛，你忘記了喔——不，這也難怪。畢竟那個時候道路跟建築物都毀掉了嘛。」

「那個時候？」

十香說完，士道再次環顧四周——「啊」地發出短促的聲音。

「這裡該不會是……我和妳第一次相遇的地方吧？」

沒錯。去年的四月十日，士道還不知道精靈和〈拉塔托斯克〉的時候，曾經來過這一帶。

空間震警報響起，士道得知琴里的手機反應在街上時，於無人的街道上狂奔——然後遇見了精靈。

一切開端的地方，就是這平凡無奇的街道。

「喔喔，你想起來了嗎！」

十香開心興奮地說道，然後露出像在遙想過去的眼神，望向人來人往的道路。

「好快喔……已經過了將近一年呢。」

「嗯……是啊。」

士道感慨萬千地嘆了一口氣後，與十香一樣凝視街道。

一年。短短一年內，士道的人生可說有了一百八十度大轉變。

其實正確來說，早在更久以前他就跟精靈扯上關係了——但以士道的身分與精靈相遇，除了琴里外，那時是第一次。

當士道思考著這種事情的時候，十香突然繞到他前方。

然後眼神凶狠地擺出舉劍的姿勢，瞪視士道。

「——你也是……嗎？」

「……！噗……」

「——妳是……」

士道聽見十香突然冒出的話後，輕輕噗哧一笑，不過立刻察覺她的意圖，無力地踉蹌一下。

「……名字嗎？——我沒有那種東西。」

「…………」

「…………」

交談了幾句後，沉默片刻——

「…………噗！」

「……呵呵，哈哈哈！」

不久，兩人不約而同地忍不住笑了出來。

因為在街上突然發出笑聲，引來路人們的側目。不過，士道與十香一時半刻停不下來，笑了一會兒後才喘著氣讓呼吸平靜下來。

「幹嘛啦，不要突然這樣好嗎？」

「你才是，竟然記得那麼清楚。」

「我當然記得啊——」

士道擦拭滲出的淚水，再次望向十香的臉。

那天的事鮮明得宛如昨日。是與精靈、AST和〈拉塔托斯克〉扯上關係的起始日——重點是，還突然差點被遇見的少女殺死，教人想忘也難以忘懷。

而更令他印象深刻的是——那名少女悲傷的表情始終烙印在他的眼底和心中。

士道當時心想，他不願讓那個女孩露出那樣的表情。如今回想起來，或許那份心情正是士道不斷幫助精靈的原動力。

「…………」

——當時泫然欲泣的少女，如今正在自己眼前開朗地笑著。

光是這樣，士道這一年來就擁有任何東西都難以替代的價值。他驟然垂下視線，吐出一口長氣。

於是，十香拉了拉他的袖子。

「——士道，難得有這種機會，我想去一個地方，可以陪我去嗎？」

「咦？當然可以……妳要去哪裡？」

「呵呵……去了你就知道了。」

十香露出戲謔的微笑回答士道。

◇

「————，————，————」

將吸進肺部的空氣分成幾次慢慢地吐出。

所謂的呼吸，並非只是將氧氣吸進身體的行為。

就好比集中注意力。在古今的武道中，也有不少實例是用氣息來集中精神。其中根據特殊的呼吸法，還能分散疼痛，甚至有提高攻擊力的作用。

折紙目前占據的是位於自然公園西端的小樹林，於稀稀疏疏的樹林中，積成一團的落葉上靜心而坐。

心靈是清澈的水面，想像呼吸是激起漣漪的小水滴。

毫無波紋的水面雖美，卻等同於死水。既然活著，只要一點刺激就能動搖人心，硬是去壓抑並非堅強，反而是在訴說自己忍受不了心緒紛亂。

那麼就不要妄想保持平靜無波的水面，而是去肯定、接受激起漣漪的狀態。開戰之前，折紙如此集中精神。

過去身為AST時——

身為精靈與DEM戰鬥時——

以及——此時此刻皆是如此。

——不知過了多久，公園響起告知十二點的鐘聲。

「——〈神威靈裝·一番〉(Emeth)。」

折紙聞聲睜眼後，慢慢站起來，低喃般說道。

於是，折紙的身體立刻纏繞著光芒——釋放出潔白的光輝，形成宛如婚紗的靈裝。

「……原來如此，顯現的確實是完全狀態的靈裝。」

折紙俯視自己武裝純白衣裳的身體，低喃一句。

——被狂三叫出來的精靈聚集在自然公園，是距今約一小時前的事。制定戰鬥規則後，精靈們各自分散在自然公園中。

範圍是這個自然公園，時間無限制。各自隨意在公園裡移動，遇見的話就當場交戰。無法顯現靈裝和天使的精靈視為淘汰——留到最後的人就獲勝。

沒錯。這座寧靜的自然公園，如今已化為十名天災所聚集的危險戰場。

「…………」

折紙倏地瞇起眼睛後，在腦中分析其他精靈的戰力。

當然，每一名對手都不容小覷。

七罪、美九和二亞在直接火力方面確實略遜一籌，但這並不是一個一個上臺對戰，而是在廣闊的野外進行的生存戰。不曉得能自由變化姿態的七罪會從哪裡攻擊過來，既然有可能聯手，美九的〈破軍歌姫(Gabriel)〉也是一個威脅。至於二亞，肯定已經掌握所有人的動向。

八舞姊妹是打算聯手呢？還是個別戰鬥？無論如何，都不能忽視她們的速度，而精靈中防禦能力數一數二的四糸乃，根據戰鬥的方式不同，也可能爭奪勝負。

「……不過——」

——其中特別危險的，是其餘三人。折紙握緊拳頭，加強警戒。

首先是六喰。她所擁有的天使〈封解主(Michael)〉，在眾多天使之中力量格外強大。一個弄不好，有可能一擊便定勝負，能從四面八方在空間打開「洞孔」，因此十分難纏。

不過，倒也並非無隙可乘。依她的個性，不會使用太卑劣的手段，而且既然目的是必須用盡靈力，她勢必不會利用【閉（Seguva）】來封印對方的力量求勝。

就這一點來說，這場戰爭更棘手的是狂三。

不僅擁有操縱時間的〈刻刻帝〉和利用它產生的無數分身，甚至能和二亞一樣用〈囁告篇帙〉熟知自己的動向。而且以她的個性來看，也無法期待會像六喰那樣有隙可乘。可以的話，希望她在碰到自己之前，先跟其他精靈大戰一場——

「………不。」

思考到這裡，折紙搖了搖頭。

這的確是生存戰沒錯，而且既然勝者能得到向士道告白的權利，就非贏不可。

不過，前提是——這場戰爭也是為了幫助士道。

保存戰力雖是好手段，但這樣便失去了意義。若是不竭盡全力戰鬥到底而取得勝利，即使獲勝，也無法安心向士道表達愛意。

不過，為了士道和十香的約會這一點，倒是讓人有些不爽就是了——

「……！」

瞬間，折紙抽動了一下眉尾。

理由很單純，因為折紙的面前出現了一名精靈。

「——哎呀，妳好呀，折紙。竟然在這種地方遇見妳，真巧呀。」

一名身穿和服靈裝，個頭嬌小的少女從天而降，一派輕鬆地說道。

如惡鬼般的兩隻角、如天女般的羽衣——以及覆蓋全身的深紅火焰。

「——琴里。」

折紙小心謹慎地壓低重心，呼喚她的名字。

沒錯。〈拉塔托斯克〉司令，同時也是士道的妹妹五河琴里，以完全狀態的靈裝降臨於此。

她是剛才折紙在腦海中列舉出特別危險的三名精靈中的——最後一人。如今十香不在，她恐怕是唯一能在單純的火力上與折紙並駕齊驅的精靈。

另外，如果狂三說的不錯，連琴里唯一的弱點——侵蝕心靈的破壞衝動都偃旗息鼓。也就是說，現在的琴里處於成為精靈後第一次沒有任何限制與桎梏，能隨心所欲施展力量的狀態。

在改變前的世界曾與之兵刃相接的折紙深切地明白那有多麼可怕。

不過——

「——〈滅絕天使(Metatron)〉。」

折紙露出銳利的視線，輕聲呼喚這個名字。

於是像在回應她的呼喚般，有無數羽狀天使從虛空中現身，在折紙頭上圍成圓形飄浮著。

琴里的力量的確很強大，不過折紙也已經不是當初的她。折紙朝地面一蹬，讓身體飄浮到與琴里同樣的位置。

琴里大概是感受到折紙的意志，只見她有些欣喜地勾起嘴角，舉起右手。

「〈灼爛殲鬼(Camael)〉。」

她如此說道，顯現出帶有火焰的巨大戰斧——天使〈灼爛殲鬼〉，琴里所持有，能將一切化為灰燼的火焰天使。

「我們也真是孽緣呢，好不容易成為夥伴，竟然又再次敵對。」

琴里輕聲嘆息，吐出這句話後莞爾一笑。

「不過，既然如此，我可不會手下留情喲。放馬過來吧，菜鳥精靈。」

「——求之不得。」

折紙簡短回答後，雙手舉向前方——將〈滅絕天使〉的砲門朝向琴里。

——代表開戰信號的十二點鐘聲響起的數分鐘後，公園的西側方向立刻發出震天價響的爆炸聲。

「呀……！」

震動空氣、大地的轟然巨響。從樹木間發出的閃光，嚇得鳥群振翅齊飛，逃之夭夭。躲在大型運動設施後面的四糸乃也不禁縮起身子。

「呼～～突然來這一下，真猛烈呢。剛才那是折紙吧？」

戴在四糸乃左手的兔子手偶「四糸奈」用短短的手靈巧地撫摸著下巴說道。四糸乃戰戰兢兢地偷看聲音來源的方向，不確定地點點頭。

「果然……很厲害。要是受到那種攻擊……」

四糸乃如此低喃，打了個哆嗦。

當然，四糸乃也顯現出完全狀態的靈裝。宛如雨衣的兔耳兜帽有別於它可愛的外觀，強度堅硬得連戰車砲都無法傷她一絲一毫。

不過，扣除這一點，〈滅絕天使〉的火力依然十分強大。畢竟它能輕而易舉將十香的完全靈裝擊破一個洞，而十香的靈裝可是遠比四糸乃的還要堅固。要是被發現，就算用〈冰結傀儡（Zadkiel）〉製造冰牆，還是兩三下就會被打倒吧。

「怎、怎麼辦，四糸奈……」

「好了好了，冷靜一點啦，四糸乃。這是生存戰，沒必要一下子就對上那麼強的對手。先從有勝算的對手開始各個擊破吧。」

「有勝算的對手……？」

「沒錯、沒錯……不過，大家都很強就是了。折紙就跟看到的一樣，琴里也是火力超強＆回復力超強，美九的歌唱效果不同凡響，耶俱矢和夕弦根本就追不上，六喰的能力超犯規，七罪可以複製所有天使的能力，狂三擁有兩個天使，二亞也超會畫漫畫的。」
說完，「四糸奈」笑道：「唉～～真傷腦筋呢～～」四糸乃眉毛皺成八字形，癱倒在地。
「果然……沒有一個對手是我贏得了的啊……至少，為了十香和士道的約會，要盡量使用靈力……」
「喝啊！」
說到這裡，四糸乃感覺臉頰有種柔軟的觸感。
原來是「四糸奈」揮出毛絨絨的拳頭，打斷四糸乃的話。
「四、四糸奈……？」
「為什麼還沒做就放棄呢，四糸乃！這樣的話，能打贏的也變成不能打贏了！」
「可、可是……大家真的都很強，憑我這種程度……」
四糸乃一臉不安地如此說道，「四糸奈」輕輕搖搖頭，張開雙手。
「ＯＫ，我們先不討論強弱——四糸乃，妳對士道有什麼想法？」
「咦……？」
面對突如其來的發問，四糸乃瞪大雙眼。
「什、什麼想法……這個嘛……我覺得他是好人，我很感謝他。如果沒有他幫助我，我就不能像這樣生活，也不會認識大家了……」

「嗯、嗯，說的對——所以，妳喜歡他？還是討厭他？」

「那、那當然是……喜歡……呀。」

四糸乃羞紅了雙頰，微微低頭如此回答。於是，「四糸奈」靈巧地交抱雙臂，「嗯、嗯」地點了點頭。

「對嘛，我想也是——那麼，在這場戰役獲勝的人，就可以向士道告白喲……不過，贏得『能告白的權利』也是很奇怪啦。大家都相親相愛，無論如何，關係都很穩定。」

「四糸奈」抬起頭，接著說：「可是——」

「狂三的提議導致這種穩定的關係有失衡的疑慮。當然，就算有人告白，士道也不一定會接受……但是接受的可能性也並非為零吧？」

「這個嘛……」

四糸乃聞言，雙唇顫抖。

——四糸乃喜歡現在的生活。有士道、琴里、各位精靈陪伴，她真的非常喜歡這種每天歡笑度日的時光。

當然，隨著時間推移，大家和所處的環境也會逐漸改變吧。升學和就業自然不用說，細微的變化也是要舉例也沒完沒了。既然要以人類的身分生活下去，這些事情勢必無可避免。

不久的將來，士道也會跟某人結婚吧。他的新娘有可能是其中一名精靈，也可能是現在還不認識的陌生人。如此一來，就不能維持過去那樣的關係了吧，因為士道已經有了心愛的伴侶——
「…………！」
當這種想像掠過腦海的瞬間，四糸乃的胸口感到一陣刺痛。
「……要。」
「咦？」
「…………不、要……我討厭那樣。」
四糸乃從喉嚨擠出顫抖的聲音。
經「四糸奈」提醒，她才發現——自己對於士道將會特別深愛某個人竟然感到如此難受，士道的身旁沒有自己的陪伴竟是如此痛苦。
不過——有一種比上述更加強烈的感情縈繞在她的心中。
即使四糸乃向士道表達心意，士道也未必會回應。
但是，一聲不吭，不將自己如此喜歡士道的心意傳達給他，就被某人獨占士道的愛——她絕對不要。
「——讚，說得好！這樣才是四糸乃！」
「四糸奈」雙手按住四糸乃的眼角，擦拭她盈眶的淚水。
「不要能贏才去做，贏不了就不去做。女孩子有時候非戰不可！」

「嗯……！」

四糸乃眨了幾次眼睛後，用力點頭。

於是，「四糸奈」勾起嘴角。

「——好，那麼接下來告訴妳具體的方法。既然是生存戰，妳就先躲起來，等到其他人消耗完戰力，妳再出來搶走最後的戰果——」

「四、四糸奈……」

「四糸奈」一改剛才熱血鼓舞的態度，提出狡猾的計策，令四糸乃不禁面露苦笑。

就在這時——

「〈破軍歌姬〉——【輪旋曲（Rondo）】！」

「……！四糸乃，危險！」

「…………！」

下一瞬間，四糸乃聽見「四糸奈」的聲音後，反射性地跳躍。

於是，四糸乃上一秒躲藏的大型運動設施周圍出現了無數銀色金屬柱般的物體，隨後開始發出巨大的「聲音」。

「這是——」

四糸乃感覺汗水滑過臉頰。要是晚一點躲開，這些「聲音」肯定已束縛住自己。

能使出這種招數的只有一名精靈。四糸乃著地的同時，望向聲音來源。

「美九……！」

四糸乃呼喚名字後，不知何時現身的美九不甘心地扭動著身軀，如舞臺裝的靈裝因此跟著搖晃擺動。

「啊～～嗯！好可惜喲～～就差一點點了耶～～」

「真是一刻也不能鬆懈大意呢～～」

「四糸奈」說完擺動雙手，做出聳肩的動作。

「——好～～四糸乃，馬上就必須打第一仗了。準備好了嗎～～？」

聽見「四糸奈」說的話——

「……嗯！」

四糸乃用力點頭。

◇

「咦？妳想來的地方……是這裡嗎？」

十香拉著士道走了約三十分鐘。士道仰望抵達場所高聳的建築物，深感意外地瞪大雙眼。

這也難怪。畢竟那裡是——

「嗯——是學校。」

十香一臉滿足地微笑點頭——沒錯。十香帶士道來到的地方，正是士道等人就讀的都立來禪高中。

「為什麼又來學校？這地方不是平時常來嗎？前天也來過……」

「又沒關係。好了，快點進去吧。」

十香不由分說地拉著士道的手臂。

「啊，等一下啦。」

既然十香強烈希望，士道也沒有理由拒絕，但目前正在放春假。實際上，校舍正面的正門也緊閉著。

「總之，先從側門進去吧。說是有東西忘了拿，應該會放我們進去吧。」

「喔喔，那就這麼做吧。」

士道帶著十香從側門進去校園後，簡單辦完手續，走進校舍。

踩著來賓用的拖鞋而非平常的室內鞋，啪噠啪噠地走在空無一人的走廊上。

該怎麼說呢，感覺好奇妙喔。明明是平日幾乎每天都會來的地方，光是沒有人影，就宛如迷途於陌生空間之中。

不過，十香的目的似乎不是享受這種偏離日常的感覺。從她以毫不猶豫的步伐慢步在無人的校舍中前進，可推斷出她有明確的目的地。

十香直接走上樓梯後，這才停下腳步。

停在士道等人的班級，二年四班的教室前。

「——呵呵，好懷念喔。」

說完，十香走向教室，步伐緩慢地走過書桌之間的走道。

士道聞言，歪頭表示納悶。在熟悉的學校環境中，這裡是度過最長時間的場所，感覺用「懷念」來形容並不太貼切。

不過，士道看著只有兩人的寂靜教室——腦海裡漸漸浮現過去所見的光景。

「啊——」

沒錯。若說剛才造訪的街道是與十香初次相遇的地方，這間教室便是擔任〈拉塔托斯克〉與精靈對話一職的士道和十香重逢的地方。

由於當時響起空間震警報，教室裡並沒有學生的身影。那幅光景與現在安靜的教室重疊在一起。

大概是看見士道的表情，十香突然微微一笑，走向黑板。

「你想起來了嗎？這裡——」

然後一邊這麼說一邊拿起一根白色粉筆，在黑板上寫字。

——寫上她的名字「十香」二字。

「是你造就了我的地方。」

十香凝視著士道的雙眼，微微一笑。

啊啊，對喔。十香。她的名字是士道當時取的。

「你為沒有名字的我取了名字，這個名字無數次撫慰了我的心靈。真的——很感謝你。」

「不，別這麼說。我……」

十香以誠摯的目光盯著士道如此說道。士道愧不敢當似的搔了搔臉頰。

為她取名的確實是士道沒錯，他也認為只要十香喜歡就好，不過……名字的由來十分單純，就只是因為「初次相遇的日子是在四月十日」罷了。

這也無可奈何。在那種極限狀態，時間又有限的條件下，怎麼可能想出什麼講究的名字。

……不過，想到替在三十日相遇的女孩取名為「澪」的崇宮真士，實在無法否定這與生俱來的品味。

無論由來為何，如今也無法想像她叫其他名字了。與她度過的一年歲月，就是如此強烈鮮明地造就了現在的「十香」。

「…………」

不過，自覺到這一點的瞬間，士道突然感到一陣揪心。
與十香初次相遇的街道，以及為十香取名的教室。
今天的路線就像是體驗與十香相遇的過程，令士道感到一股難以言喻的不安。
——宛如十香已經領悟到自己的死期——
士道明白是自己想太多了。一定是因為剛好路過初次相遇的地方，覺得懷念，才想來這間教室吧。
不過，若是就這樣置之不理，這可怕的妄想可能會化為現實。士道吸了一口氣，面向十香。
「——十香。」
「唔？什麼事，士道？」
十香納悶地睜大眼睛。
士道毅然決然開啟雙脣：
「聽我說。其實——」
然後在只有兩人的教室告訴十香——
她體內還有另一個自己。
另一個她奪走了澪的靈魂結晶，創造了這個世界。
以及——這樣下去，十香可能會跟著這個世界一起滅亡。

「怎麼會……」

十香大致聽完後瞪大雙眼，發出這樣的聲音。

「我體內存在著另一個我……？」

「……沒錯。妳可能一時之間難以置信，但我沒有說謊或開玩笑。相信我。」

士道說完，十香搖了搖頭。

「傻瓜，我怎麼可能懷疑你說的話，況且——」

十香瞇起眼睛，將手擱在自己的胸口。

「——另一個我。我隱約……心裡有數。」

「是嗎？」

「嗯。當我痛苦萬分的時候——感覺有什麼可怕但又可靠的東西在這裡。」

十香放下手，同時抬起頭。

「……不過，具體而言該怎麼做，我完全沒有頭緒。還是得讓另一個我出來，再封印嗎？」

「……老實說，我也不知道。就算必須這樣，也不知道怎麼樣才能讓另一個十香出現……」

「唔……」

十香盤起胳膊，皺眉苦思。

「……確定澪的靈魂結晶在我體內吧？而另一個我用靈魂結晶的力量改造了這個世界……」

「是的，應該是這樣沒錯。」

「嗯。這樣的話……」

十香如此說道，雙手合十，皺起眉，宛如祈禱師「唔唔唔唔唔唔……」地開始發出低吟。

「十、十香……？」

「——喝啊啊啊啊啊啊！」

然後發出裂帛般清厲的吆喝聲，並且猛然瞪大雙眼。事發突然，士道不由得抖了一下。

「……嗯，不行啊。」

沉默片刻後，十香遺憾地嘆了一口氣，並且放下合十的雙手。

「妳、妳剛才打算做什麼？」

「沒有啦，我想說既然我體內有澪的靈魂結晶，那我應該也能使用它的力量吧。所以就在心中默唸『另一個我，給我出來！』……」

十香一邊說一邊俯看自己的身體，做出握拳又張開手心的動作……看來似乎沒有任何變化。應該說，當她回話時，就顯然沒有變成另一個人格。

「哈哈……哎，沒那麼容易……吧……」

就在這時——

搔著臉頰苦笑的士道半下意識地中斷話語。

理由很單純。因為十香的身體發出朦朧的光芒，隨後那道光芒慢慢離開十香的身體——開始化為人形。

「這、這是——」

「！竟然……」

不久，那道光芒在士道與十香感到驚愕時，化為一名少女的姿態顯現在那裡。

——如夜色般的頭髮，以及水晶眼瞳。身穿漆黑的騎士鎧甲與洋裝合二為一的靈裝——化為與十香一模一樣的少女。

「……什麼？」

少女——反轉十香微微睜開眼，一臉疑惑地皺起眉頭後，瞪視眼前的士道。

「——人類，你究竟做了什麼？」

接著毫不隱藏殺意，殺氣騰騰地如此說道。面對可能讓小動物昏厥的氣勢，士道不禁後退一步。

「沒、沒有啊，我什麼也沒做……」

「少胡扯。若是什麼也沒做，我怎麼會出現在外面？你如果想裝傻——」

「喔喔！」

反轉十香說到這裡，中斷了話語。不——正確來說，是被身旁響起的十香的聲音打斷。

「妳就是另一個我嗎！初次見面……應該不算喔？」
「什麼——」
十香抓住她的肩膀後，反轉十香的表情這才流露出困惑的情緒。不過，十香絲毫不在意，眼神閃耀著光芒，繼續說：
「唔嗯，我是有希望另一個我出來啦，沒想到會是以這樣的形式出現。不過，的確跟我長得一模一樣呢……但又覺得有點不同。是綁頭髮的方式不一樣嗎？」
「且慢……稍等。」
差點被十香的氣勢壓過的反轉十香攤開掌心制止十香。
「這是怎麼回事？為何有其他十香存在……莫非是使用那個女人的力量，讓我擁有實際的形體？」
「我也搞不太清楚，大概就是那樣吧！」
「…………！」
十香面帶笑容如此斷言後，反轉十香沉默以對。從她的表情隱約可以察覺到她萬萬沒想到會以這種形式與十香見面。
「……白費力氣。我要回去了，你們自個兒胡鬧去。」
「！等……一下！」

反轉十香說完，垂下目光。士道連忙發出高八度的聲音叫住她。

能與之前躲回十香體內的反轉十香再次碰面，怎麼可以放過這個機會。

「什麼事？膽敢叫住我，是找死嗎？」

「不、不，不是那樣的……」

被反轉十香凶狠一瞪，士道有些畏縮。現在不能放反轉十香逃走，但又不知該說什麼話來挽留她。

如果判斷錯誤，反轉十香又會消失回十香的體內。不僅如此，一個弄不好，還可能被殺死。

有沒有什麼好辦法——

就在士道絞盡腦汁思考時，十香像是想起什麼事情似的大喊：

「聽我說！我正在跟士道約會。」

「……唔？」

反轉十香微微瞇起眼睛。十香一把抓起反轉十香的手，眼神散發著燦爛的光芒，接著說：

「方便的話，妳也一起去吧？一定會很開心的！」

「……！」

十香說完，士道握拳道：「說得好！」

「好主意，十香！我、十香還有妳，三個人一起約會吧！」

雖然不認為十香是有意謀劃，但這簡直可說是最佳的解答。
本來與精靈約會最好是一對一。不過，十香與反轉十香兩人就像是一體的存在——重點是，感覺反轉十香對十香的態度比對士道溫柔了幾分。
「……你說什麼？」
不過，反轉十香卻露出射殺般的視線，惡狠狠地瞪向士道。
「是你跟十香的約會吧。那你們兩人去就好，別把我扯進去。」
反轉十香甩開十香的手。於是，十香立刻露出傷心的表情。
「不行……嗎？」
「唔——」
反轉十香一臉為難，實在不像是統治世界的精靈會擺出的神情。士道見狀，不禁莞爾一笑。
「……笑什麼？你找死啊，人類。」
「啊，不……抱歉。」
她對士道的態度果然有別於對十香，非常冷酷。士道老實地低頭道歉。
於是，反轉十香瞪了士道一會兒後，輕輕咂嘴，認命地嘆了一口氣。
「……無可奈何，就陪你們一下吧。」
「真的嗎！」

聽見反轉十香的回答，十香消沉的表情瞬間變明朗，再次握住反轉十香的手用力搖晃。看見任由十香擺布的反轉十香，士道再次嘴角上揚——但被反轉十香銳利的眼神一望，連忙用手掩住嘴角。

反轉十香不悅地冷哼了一聲，倏地垂下雙眼。

下一瞬間，她身上的靈裝發出淡淡的光芒，變換成普通的衣服。

相對於穿著春裝的十香，她的服裝是以黑色為基調的雅致服裝。

「喔喔，好帥氣喔！」

「哼。走在我的世界沒道理要特地換裝——不過，看在十香的面子上，我就配合你們的做法吧。」

「哈哈……那真是我們的榮幸呢。」

「不准笑。我殺了你喔。」

「喂，我，別說這種話啦。」

「唔……」

十香警告反轉十香，反轉十香因此噤口不語。

那副模樣莫名好笑，士道忍不住又要笑出來，好不容易才按捺住笑意，抬起頭。

「總、總之……請多指教嘍。呃……」

士道臉頰抽搐，說到這裡——突然頓住。

理由很單純，因為不知道該如何稱呼她。

過去是直接叫她「十香」或「反轉十香」，可是，現在本來的十香就在他身旁，這樣可能真的會搞混。

大概是從士道的表情察覺到他的想法，反轉十香冷哼了一聲。

「名字嗎……我記得替十香取名的也是你吧——好，就交給你吧，隨你怎麼叫。」

「咦——」

士道聞言，啞然無語。他萬萬沒想到繼十香之後，竟然還要替反轉十香取名。

「喔喔！不錯耶！」而且十香也以期待的眼神凝視著士道。壓力超大。

「咦！我想想喔……那就……」

士道拚命絞盡腦汁——

「——天香……如何？」

幾秒後，說出這個名字。

於是，十香「喔喔！」地拍了拍手。

「不愧是士道，好名字！要怎麼寫呢？」

「呃……」

士道聞言，拿起粉筆在黑板上寫著「十香」的名字旁邊寫上「天香」。

「喔喔，很帥氣嘛。」

「哼。」

十香說完，反轉十香——天香輕聲嗤之以鼻後，揮了揮右手。

下一瞬間，黑板上依循天香指尖的軌跡刻下巨大的傷痕。士道不禁發出「哇！」的一聲，嚇得身體向後仰。

剎時間，士道還以為她是不喜歡自己取的名字……但看來並非如此。仔細一看，那個刀痕形成歪七扭八的「天香」兩個大字。

「……哼。算了，也好。」

天香一副嫌麻煩的樣子但也沒有拒絕。

雖然是臨時想出來的名字，但看來是得到認同了。士道這才鬆了一口氣。

……只是把「十香」的「十」唸成英文而已——也就是「TEN香」——士道心想非把這名字的由來帶進墳墓不可。

「喂，天香，我明白妳得到名字很高興，但是不可以破壞教室喔。大家上課時會很困擾。」

「…………唔。」

被十香這麼說，天香微微皺眉後彈了一個響指。

天香
十香

於是，眼看著刻在黑板上的巨大刀痕立刻漸漸修復。

「喔喔，天香，妳真棒。」

十香撫摸天香的頭讚美她。天香看似不自在地撥開十香的手後，望向士道。

「——所以呢？」

天香盤起胳膊，抬起下巴說道。士道還以為她察覺到自己對她們兩人的互動感到溫馨，因此微微抖了一下肩膀。

不過，似乎並非如此。天香的眼眸浮現的並非憤怒或不滿，而是打量的神色。

「你說要約會，究竟打算去哪裡？」

「喔喔，我也很好奇呢。雖然因為我的任性而順道來到這裡，不過你今天本來打算要做什麼呢，士道？」

天香帶著冷漠的目光，而十香則是帶著閃閃發光的眼神如此詢問。儘管士道對相同容貌散發出來的熱情差距感到困惑，還是清了一下喉嚨轉換心情。

「喔喔……今天我有東西想讓十香——和天香妳們看一下。」

士道說完，十香和天香以納悶跟疑惑的表情互望。

◇

「噫……！噫～～～～～～～～～～～——！」

七罪發出窩囊的吶喊，在自然公園外緣的道路四處竄逃。

不過，這也是理所當然的事。因為——

「——不滿。到處竄逃怎麼對決？」

全身纏繞著狂風的夕弦從後方橫掃樹木，步步近逼。

那副模樣簡直就像是擁有自我意志的龍捲風。七罪東逃西竄，夕弦緊追在後，令公園的風景一百八十度大轉變。街燈扭曲變形、長椅飛舞、地面宛如掀起地毯般剝除。

而且呼嘯的並非單純的風，而是天使〈颶風騎士〉(Raphael)颳起的帶有靈力的暴風。七罪的靈裝強度並不高，被捲進的瞬間很可能變成破抹布狀態。

「別說傻話了～～～！我不逃就死定了吧～～～～！」

七罪發出哀號，怨恨自己竟然如此不走運，在開戰的信號響起後立刻就被暴風女發現。

夕弦雖然平常給人文靜的印象，但其實是精靈中最血氣方剛、好戰的精靈。不，說得更正確一點，是愛較量——這麼說比較貼切吧。平常她的矛頭總是指向耶俱矢，所以七罪並不怎麼在意，但像這樣在戰場上對峙，七罪才實際感受到她的恐怖。

不過，再繼續逃跑，遲早會被抓住，變成破抹布。七罪拚命逃竄，彷彿要喊破喉嚨般大喊：

「贗、〈贗造魔女〉——【千變萬化鏡(Kaleidoscope)】！」

七罪手持的掃帚型天使〈贗造魔女〉應聲釋放出光輝，改變它的外型，化為——巨劍天使——〈鏖殺公〉。

沒錯。鏡之天使〈贗造魔女〉能模仿其他天使的外型與能力。

「喝、喝啊啊啊啊啊啊！」

七罪雙手握住劍柄，轉過身，順勢揮下〈贗造魔女〉。帶光的劍的軌跡化為斬擊，朝夕弦破風而去。

「反應。呼——！」

不過，夕弦卻在斬擊快擊中她時一個轉身，於千鈞一髮之際閃過攻擊。好不容易劈開的風牆不到數秒便恢復原狀。

「徒勞。相當巧妙的一擊，但夕弦可不會因此就被打倒。」

「不會吧！」

七罪瞪大雙眼後，又開始拚命逃離龍捲風。

之後七罪也設法一邊逃離龍捲風一邊改變〈贗造魔女〉嘗試反擊，但依然起不了任何作用。無論是〈滅絕天使〉的光線，還是〈灼爛殲鬼〉的砲擊，甚至是利用〈封解主〉從死角攻擊，都被夕弦超凡的反射神經和靈巧的身段閃避開來。

不過，這也是理所當然的事。雖然〈贗造魔女〉能模仿天使的能力，卻無法百分之百重現天使原本的力量，再加上操縱它的是精靈中基礎能力應是最低的七罪。若是ＡＳＴ或ＤＥＭ一般巫師的等級也就罷了，但實在沒辦法戰勝將一個天使運用得淋漓盡致的精靈。

簡直是十八般武藝樣樣通卻樣樣不精。她的天使必須經過一番謀劃盤算再行動，才能發揮最大效果。當她與精靈正面衝突時就已經沒有勝算。

「嗚哇……！」

不知在公園逃竄了多久，大概是疏忽大意或是體力耗盡，七罪被樹根絆倒，當場跌了個狗吃屎，順勢滾了一圈。

而夕弦怎麼可能放過這個機會。只見籠罩住夕弦身體的風膨脹擴大後，像是要包圍住七罪般朝左右張開雙手。

當七罪揉著用力撞到的鼻頭抬起頭時，已經受困於夕弦製造出的龍捲風之中。

「什……！什什什什麼……」

「捕獲。妳已經逃不掉了。來吧，堂堂正正地一決勝負。」

說完，夕弦舉起靈擺般的天使——〈颶風騎士〉【束縛者(El Nahash)】。

兩人所處的地方正是颱風眼。現場無風，周圍卻捲起狂風漩渦。七罪已經無路可逃，只好認命，用顫抖的手舉起〈贗造魔女〉。

「讚賞。有志氣——那我上嘍。」

「噫……！」

——不過，就在夕弦凝視著七罪，朝天空一蹬的瞬間。

「——有隙可乘～～～～～～——！」

突然響起這樣的聲音，隨後從夕弦製造出的龍捲風正上方「落下另一個龍捲風」。

「反應。唔——」

「咦……？」

夕弦皺起眉頭，扭轉身體，上下左右甩動【束縛者】，武裝自己的身體。

七罪慢了一拍才發現——攻擊夕弦的是何許人也。

「哦，躲開了呀。但本宮可不會讚美汝。既然是吾之半身，怎麼可能被這種程度的攻擊給擊敗！」

高聲說完現身於現場的少女臉上露出得意洋洋的笑容——那張與夕弦一模一樣的臉。

沒錯。夕弦的雙胞胎姊妹，擁有與夕弦相同天使碎片的精靈耶俱矢，以巨大長矛【穿刺者(El Re'em)】攻擊夕弦。

「應戰。真意外呢，想不到耶俱矢竟然會幫助七罪。」

「哈！別誤會，本宮只是來確定汝面對獵物時是否會疏忽大意罷了。況且——」

耶俱矢將【穿刺者】的前端指向夕弦，微微一笑。

「——當吾打敗汝時，可不想聽見汝找藉口說是因為受到其他精靈打傷才戰敗的！」

聽見耶俱矢說的話，夕弦莞爾一笑。

「愉快。才一會兒不見，妳的幽默感就進步了呢——好吧，夕弦奉陪到底。七罪就等打倒耶俱矢後——」

說到這裡，望向地面的夕弦瞪大雙眼。

理由立刻便明白了。大概是將注意力放在耶俱矢身上的時候，跟丟了七罪吧。

「呵呵！看來是讓人給跑了呢！」

「……悔恨。都是耶俱矢害的。夕弦決定要華麗地葬送耶俱矢來發洩心中的鬱悶。」

「有意思，試試看啊——當時沒有分出的勝負，現在就來了結吧！」

耶俱矢與夕弦身體纏繞著風，同時朝空中一蹬。

兩團暴風互相撞擊、糾纏，一邊破壞周遭，消失在天際。

「……………………………噗哈！」

——八舞姊妹不見人影後數分鐘。

在確認周圍的安全後，倒在地面被壓扁的街燈發出淡淡光芒——逐漸變成七罪的模樣。

就算夕弦因為耶俱矢而分心，只要有她製造的風牆，七罪就不可能逃離那裡。七罪不過是趁著一瞬間的空檔，利用〈贗造魔女〉變身成壞掉的街燈罷了。

「得……得救了……」

七罪流著冷汗嘆息後，偷偷摸摸地在林中小路奔跑，避免被其他精靈發現。

掌握情報者得天下。

自己並不打算反對這句話，也認為實際上就某種意義來說，這句話是正確的——但有些事情就算掌握再多情報也無可奈何。二亞躲在自然公園邊緣的樹蔭下，愁眉苦臉地如此思忖。

「嗯～～……該怎麼辦才好喵……」

她用手指摸著書之天使〈囁告篇帙〉的紙面，嘆了一大口氣。

這也難怪。她從剛才就利用〈囁告篇帙〉查探大家的動向——但越查越感受到絕望性的戰力差距。

「嗚哇，妹妹跟小折折的對戰是怎樣啊，幾乎是怪獸大戰爭了嘛。小矢跟小弦也超誇張的。參與這種戰爭，簡直就像是跳進攪拌機嘛……」

二亞額頭冒出冷汗如此低喃。

天使〈囁告篇帙〉的確擁有無與倫比的力量。能「知道」這世上所有事物的能力，說真的，有可能導致世界失衡。

不過，這是以天使能力的整體而言，若是以單純的打鬥層面來說，可就另當別論了。

二亞本身的戰鬥能力恐怕在精靈之中也是數一數二地低。就算用〈囁告篇帙〉的力量詳細得知大家的力量和動向，也不等於能夠打倒她們。

〈囁告篇帙〉的能力之一未來記載既費時費力，也不認為能對顯現完全狀態靈裝的精靈發揮十全的效果。如此一來，雖然希望微弱，但二亞可能獲勝的手段只有——

「……妳那卑劣的小壞蛋眼神是怎樣？」

二亞瞥向站在隔壁的瑪莉亞一眼後，瑪莉亞便像是在看什麼可疑人物般，瞇起眼睛不屑地回望二亞。

沒錯。瑪莉亞從剛才開始就交抱雙臂站在二亞旁邊。

不過，並不是特地從〈佛拉克西納斯〉把她帶來的，而是利用〈囁告篇帙〉再將瑪莉亞製造出「另一副」實際的身體，就像是共享瑪莉亞意志的分機概念。

瑪莉亞是〈佛拉克西納斯〉的AI。不過是用〈囁告篇帙〉的能力將她實體化，因此有一半可說是用二亞的能力製造出來的。

「——那妳幫我也不算違反規則吧……？」

二亞眨了眨眼，做出嫵媚的動作，想要依偎在瑪莉亞的身上。不過，快要碰到時，瑪莉亞卻退後一步閃了開來。

「妳說的或許沒錯，但這個計策還缺少一樣重要的東西。」

「咦？什麼？」

「就是我的幹勁——為何我非得心甘情願地幫妳不可啊？」

瑪莉亞一臉不悅，唾棄般說道。二亞不滿地甩了甩手。

「咦～～！幫我一下有什麼關係～～！要不是我，妳能得到夢寐以求的真實軀體嗎～～！」

「我要求更正。不是多虧妳，而是多虧了〈囁告篇帙〉。」

「我和囁告篇帙是一體同心～～！妳說這種話，我就不借妳維持實體化的靈力嘍～～！」

「隨妳便。現在正在開發應用〈幻獸・邦德思基(Bandersnatch)〉技術的自動運作型終端機。雖然不如〈囁告篇帙〉那樣精密，但不久後應該就能只靠顯現裝置和大家接觸了——我就在一旁看妳一個人能戰鬥到何種地步，我會好心幫妳撿骨的。」

「真、真是的！二亞我開個幽默的小玩笑而已嘛～～！瑪莉亞真是的，幹嘛當真啊☆」

二亞臉頰流下汗水，用食指戳了戳瑪莉亞的鼻子。

「……受不了，真是窩囊至極。」

於是，瑪莉亞像是覺得很癢似的皺起眉頭如此說道，唉聲嘆了一口氣。

「真拿妳沒辦法。我就幫妳一下吧。」

「！真的嗎！」

二亞眼神閃閃發亮地探出身子後，瑪莉亞便用手按住二亞的臉，繼續說：「不過——」

「我有交換條件。向士道告白的權利——獲勝時，我也要得到這個優勝獎品——只要解釋我是『二亞能力的一部分』，自然也能得到認可吧。」

「咦！妳也想得到向少年告白的權利嗎？」

聽見瑪莉亞說的話，二亞一雙眼睛瞪得老大。

「不行嗎？」

「也、也不是……不行啦。妳打算怎麼告白？」

「這個嘛——『我想把你的大腦資料化，永遠形影不離』之類的。」

「好可怕！有可能實現的這一點，更可怕了！」

「瑪莉亞我開個幽默的小玩笑而已。真沒幽默感呢。」

瑪莉亞模仿二亞剛才說的話，看來是打算還以顏色的樣子。

……但是眼睛沒有笑意這件事令二亞有些在意，然而二亞強烈認為不該指出這一點。

「——話說回來，二亞。」

瑪莉亞清了一下喉嚨，改變話題。

「這個協定本身很有可能作廢。就算有我幫忙，精靈也沒那麼容易打敗。」

「咦？呃，妳說的是沒錯啦……」

「〈囁告篇帙〉的確是力量十分強大的天使，用於諜報可說是最強的吧。不過，它的能力也並非完美無缺。普通的做法是必須隨時掌握對手的位置，不斷派出我進行攻擊，然後立刻撤退。二亞妳絕對不能親自出馬，當妳與精靈對戰的瞬間將必敗無疑。」

「喂喂喂，瑪莉亞，妳是怎麼回事？還沒打就滅自己威風——」

二亞皺起眉頭說道，瑪莉亞便面不改色地指了指二亞的後方。

「嗯……？」

二亞循著手指的方向轉向後方——

「——唔嗯。爾等談完了嗎，二亞、瑪莉亞？」

看見眼前的少女，身體僵硬了片刻。

長髮少女身穿仙女般的靈裝，右手握著鑰匙形狀的錫杖，左手扠腰，悠然地凝視著二亞。看來是規規矩矩地在等二亞和瑪莉亞談話結束。

——星宮六喰。當二亞認知到少女之名的瞬間，感覺自己全身冒出汗水。

「小……小小小小小小六……！妳怎麼會在這裡——」

說到這裡，二亞赫然屏住呼吸。

剛才調查大家的位置時，六喰的確在遙遠的場所。不過，只要用〈封解主〉在空間開啟「洞孔」，就等於沒有距離這層阻礙。這能力正可說是〈囁告篇帙〉的天敵。

正因為如此，二亞才必須用〈囁告篇帙〉時時刻刻掌握她的動向。〈囁告篇帙〉雖是無所不知的天使，但只能在使用者觸摸它的期間給予使用者謀求的情報。

然而二亞卻專心在拉攏瑪莉亞，手離開了〈囁告篇帙〉數秒。

短短數秒。而這數秒造成二亞晚一步察覺六喰的動向，容許她接近自己。

「那便立刻開戰吧，舉起天使。瑪莉亞亦是二亞力量之一部分，助她一臂之力也無妨。」

說完，六喰舉起〈封解主〉，將前端朝向二亞。

「等一下……！」

二亞張開掌心伸向前，制止六喰。

但二亞本人最清楚這樣根本沒有效果。她絞盡腦汁拚命思考。對手是六喰，對二亞來說，她恐怕是現場的精靈之中最難纏的一個。就算想趁瑪莉亞為她爭取時間的期間逃跑，只要有〈封解主〉，一切都白費功夫。

但要她正面迎戰簡直是痴人說夢。不是二亞在自豪，她真的很弱——那麼該如何是好？該怎麼做才能死裡逃生？怎麼辦——

「——我要上嘍，二亞。」

六喰蹲低姿勢，像要蹬地奔馳。二亞屏息，一屁股跌坐在地——發出高八度的聲音。

「等、等一下，小六！我們……要不要聯手！」

「……唔嗯？」

面對二亞情急之下提出的建議，六喰一臉納悶地歪過頭。

◇

「喝啊啊啊啊啊啊啊啊——！」

「應戰。看我的～～！」

——兩團颶風蹂躪自然公園。

八舞耶俱矢與八舞夕弦。同樣手持風之天使〈颶風騎士〉的雙胞胎精靈使出渾身解數，一再正面交戰。每交手一次便風鳴空嚎，蒼穹嘎吱作響。

那幅情景簡直就是擁我自我意志的災害。兩人以全身明確告知了精靈之所以為精靈這件事。

兩人的對戰就是如此激烈。其他精靈恐怕也知道八舞姊妹正在對戰，大概是不想受到牽連，目前沒有人攪局，但這場對戰結束時，很有可能會有誰看準勝者處於精疲力盡的狀態現身攻擊。

不過，耶俱矢和夕弦此時此刻全然不顧後果，毫無保留、竭盡全力地使出靈力與對方交戰。

向士道告白的權利這項獎勵的確很吸引人沒錯。耶俱矢和夕弦都對士道抱有好感，卻不曾實際表達她們的心意。
不過，如今她們只是心無旁騖——十分享受與自己的半身戰鬥。
——啊啊，仔細想想，這可能是歷經百次較量以來，第一次感受到的心情。
兩人曾經比試過無數次以證明誰更適合成為八舞的主人格。
然而，那並非「互相殘殺」，而是為了讓對方生存下去的「互相求生」。
敗者為勝的荒唐勝負。而勝負已決時，另一方將難逃消失的宿命。八舞姊妹不斷重複這樣悲哀的戰爭。
而如今——
「嗚喔喔喔喔喔喔喔——！」
「旋風。喝啊！」
兩人已無那樣的憂慮，能竭盡全力一較高下。
這樣的奇蹟令她們無比感謝與感動。
「呵呵！差不多該喘不過氣了吧？動作變慢嘍。」
「指摘。這是夕弦要說的話。妳的風勢比剛才還要小。」
「笑話。」
耶俱矢笑著如此回答後，有些感慨地接著說：

「——沒想到會有這樣的機會呢。妳還記得在或美島上的事嗎？」

「當然，怎麼可能忘記——也沒忘記多虧了士道，最後的勝負才不了了之。」

「嗯……我很感謝士道。多虧他，我和夕弦才能共同存活，不需要有一人消失。」

「首肯。就是說呀，真是感激不盡。不過——」

耶俱矢大大地點頭回應夕弦說的話。

「是啊。最後那場勝負未分出高下是唯一的遺憾——但是，現在……」

「同意。終於能做個了結。」

兩人同時勾起嘴角，解除纏繞在身上的風，靜靜地將天使指向對方。

——兩人之間毋須任何訊號，不約而同地往下一蹬，以超高速衝向對方。

不過，那一瞬間——

「什麼……！」

「驚愕。這是——」

兩人瞪大雙眼，發出慌亂失措的聲音。

不過，這也是理所當然。因為在兩人正要兵刃相接的瞬間，空中突然開了一個「洞」——

『——瑪莉亞大隊，突擊。』

從中出現幾百個瑪莉亞突擊兩人。

「喂……！瑪莉亞？」

「困惑。現在是怎麼回事？夕弦一頭霧水——」

耶俱矢和夕弦在困惑與慌亂中，被排山倒海而來的瑪莉亞掩沒。

◇

「嗚……！喔喔喔喔喔喔！好厲害！成功了，瑪莉亞、小六！」

二亞觸摸著〈囁告篇帙〉的紙面，激動地吶喊。

透過〈囁告篇帙〉，八舞姊妹被瑪莉亞大軍吞噬的畫面流進腦海。事實證明即使是如此狂妄放肆的耶俱矢與夕弦，只要趁機以數量壓制，還是能獲勝。

不過，只靠二亞一人無法成就這樣的結果。二亞轉而面向六喰，一把抓住她的手。

「果然跟我想的一樣！無所不知的〈囁告篇帙〉加上〈封解主〉，便能所向披靡！我跟小六搭檔簡直無人能敵！」

說完，她握著六喰的手甩來甩去。

沒錯。剛才不幸撞見六喰的二亞憑藉表示自己能力的有用之處，成功建立短暫的合作關係。

而效果正如所見——利用〈囁告篇帙〉查探對象的位置與動向，再用〈封解主〉開啟「洞孔」，盡量傳送無數的瑪莉亞。她的戰法就是如此單純。

雖然簡單——不，正因為簡單才強。二亞不由得莞爾一笑。

「哎呀～～……真的假的啊？本以為初戰敗退的機率很大，沒想到我有機會角逐優勝寶座，真傷腦筋呢。要對少年說什麼呢？『每天早上幫我煮味噌湯吧』？」

二亞小聲傻笑。

不過，她立刻恢復原本的表情，因為功臣六喰似乎悶悶不樂的樣子。

「嗯？小六，妳怎麼了？多虧了妳，我們贏得很精彩喔。」

「唔嗯……或許是如此吧。不知該如何表達……妾身並無感到勝利的滋味。用此種方式真的好嗎……」

說完，六喰低下頭。二亞連忙接著說：

「不不不，勝利就是勝利！妳若是在意那種事，要怎麼獲勝！小六妳也想得到向少年告白的權利吧？」

「……是……如此沒錯……」

六喰發出低吟聲。二亞臉頰流下汗水，後退一步。

「……嗯～～小六比我想像中的還要有武術家的精神呢～～……不過，事到如今也沒辦法改變方針……」

然後以六喰聽不見的聲音如此呢喃。於是，位於她身旁的瑪莉亞吐出一番話：

「哎，如果變更成直接對決的路線，〈囁告篇帙〉的必要性就會減弱，解散同盟的那一瞬間，會最先被幹掉的就是二亞——應該說，就算利用這個戰略戰無不勝好了，妳打算怎麼打敗留到最後的六喰？」

「唔……！」

被瑪莉亞這麼一問，二亞無言以對。

瑪莉亞說的沒錯。就算組成同盟，成功爭取到時間，但既然只有一個人能夠獲勝，最後就注定非戰不可。倘若直接對決，二亞恐怕沒有勝算。二亞苦著一張臉，動腦思考。

「……將人數減少到某種程度後，隨便找個理由慫恿小六去對付強敵，等她精疲力盡後再從後面毆打她之類的……」

「原來如此，這種狡猾的手段非常符合妳的作風呢。等人數減少到一定程度後，別反過來被六喰說『妳已經無用了』就好。」

「唔唔……！小六才不會說那種話咧！我們同盟的情誼才不會因為這種事就破裂！」

「光明正大策劃背叛的人，說什麼都欠缺說服力。」

「——從方才起，爾等在嘰嘰喳喳說些什麼？」

「呀～～！」

突然傳來瑪莉亞以外的聲音，二亞像隻被踩到尾巴的小狗發出慘叫。循聲望去，發現六喰一臉疑惑地皺著眉頭望向這裡。

「沒、沒沒沒什麼！別管了，我們接著進行吧！那麼～～現在正在交戰的人是……」

二亞順勢蒙混過去後，再次用手指撫摸〈囁告篇帙〉的紙面，搜尋目前正在戰鬥的精靈。比起隻身的精靈，被對手分散注意力的精靈比較有機可乘。

「嗯～～……是小折折和妹妹，還有糸糸跟小美啊。嗯、嗯，那先去對付糸糸跟小美吧！瑪莉亞，讓大隊成員待命！小六等我發出信號後就打開『洞孔』！」

在二亞的號令下，瑪莉亞點頭嘆息，六喰則是表情有些鬱悶地舉起〈封解主〉。雖然不滿，還是姑且聽從二亞的指示。

二亞暫且鬆了一口氣，並且集中精神，一邊觀察四糸乃和美九的戰鬥，尋找兩人的破綻。

就在這時——

「……！唔嗯……！」

「什麼——」

六喰與瑪莉亞驚愕得瞪大雙眼。

「咦……？妳們兩個怎麼了？發生什麼——」

二亞中斷〈囁告篇帙〉的觀察，望向兩人所看的方向——同樣瞪大雙眼。

不過，這也難怪。因為——

「——六喰！二亞、瑪莉亞！」

她們看見理應在跟十香約會的士道。

◇

——自然公園的運動廣場如今籠罩著不似初春的酷寒冷氣。

吐出的氣息是白色，地面結霜，宛如位於冰庫中的空氣刺痛肌膚。

這些全是四糸乃的天使〈冰結傀儡〉的力量餘波。每當四糸乃驅使巨大兔型天使操縱冷氣時，周圍的氣溫便會驟降。

不過，在這種狀態下——

「好耶～～～～——呀喝～～～～～～～～！」

美九獨自一人熱血沸騰，幾乎都能讓雪融化了。

「〈破軍歌姬〉——【進行曲(March)】、【進行曲】，再送妳一次【進行曲】！」

手指游走在顯現於身體周圍的光之鍵盤，彈奏勇猛的曲調。利用聲音天使〈破軍歌姬〉的能力彈奏的高昂之歌。每次彈奏這首曲子，美九的身體就洋溢著活力。

「咦，咦咦……！」

「喂……！那是怎樣啊～～！有這麼荒唐的事嗎～～！」

四糸乃與蘊藏於〈冰結傀儡〉中的「四糸奈」發出慌亂的聲音。

這也難怪。因為在精靈之中體能難以說是強的美九，從剛才就統統閃過四糸乃所釋放出的冰彈和冰柱。

「呵呵呵～～！妳如果老是以為人家跟以前一樣沒長進，可就大錯特錯嘍～～！偶像正是因為不懈怠自我鑽研，才能成為偶像～～！」

說完，美九眨了一下眼睛。

沒錯。當時——在DEM日本分公司一戰中，士道拯救美九脫離危機後，她便一邊進行偶像活動一邊不斷研究身為精靈屬於自己的戰鬥方式。

有其他精靈並肩作戰時，在一旁協助她們就好。有好幾名精靈實力都比美九堅強，若是判斷提升她們的力量較有效率，美九便會貫徹到底。

不過，當精靈只有美九一人時，為了避免再讓士道置身於險境中——進一步說，為了下次換美九保護士道，她一直在摸索能獨自戰鬥到底的方法。

「〈破軍歌姬〉——【獨奏(solo)】！」

美九高聲吶喊，彈了一個響指。瞬間，從地面出現一支閃閃發光的銀筒像在予以回應。

那是構成〈破軍歌姬〉的一個部分，平常用來從中發出「聲音」，操縱對方，不過——

「——喝！」

美九抽出那支銀筒，像功夫片的主角舞棍般華麗地揮舞後，擺出架勢。

「咦咦！那是怎樣～～！」

「四糸奈」慌張地說完，形成冰之屏障。

不過，美九勾起嘴角，以迅雷不及掩耳的速度刺出旋轉的銀筒。

「喝啊啊啊啊啊啊啊——！」

銀筒的前端連續擊打冰牆。而且，那並非普通的突刺。每使出一擊，銀筒便會彈奏出夢幻的「聲音」——那些聲音化為無形的衝擊波襲擊四糸乃。

不像先前那樣只是胡亂發射衝擊，而是擁有指向性，穿透力十足的破壞之「音」。隨著美九經強化的臂力釋放出的連續攻擊，輕而易舉便粉碎了四糸乃堅固的冰。

「呀——！」

「不會吧～～！」

四糸乃和「四糸奈」發出哀號，往後方脫逃。美九邪佞一笑，用大拇指擦拭骯髒的臉頰。

「唔……！有兩下子嘛～～美九。看來向士道告白的權利吸引力很大啊。」

「四糸奈」小心謹慎地擺出戰鬥姿態，以含糊不清的聲音說道。美九點頭肯定。

「那是當然的呀～～光是想像那個害羞的達令會有什麼反應……人家就興奮難耐～～！可以吃下三碗飯！」

美九緊握拳頭吶喊，於是四糸乃臉頰流下汗水苦笑。

美九見狀，莞爾一笑。

「不過——人家也不是想獨占達令一個人喔～～人家也跟達令一樣，很喜歡大家，喜歡到如果達令說要結婚，可以到一夫多妻制的國家娶大家當老婆也沒問題。啊！要不然人家娶達令和大家當老婆也可以喲。」

「美、美九……」

「咦～～那妳為什麼這麼幹勁十足啊～～」

四糸乃再度苦笑，「四糸奈」則是以像是嘟起嘴脣的語氣說道。美九舉著銀筒接著說：

「妳們在說什麼呀～～人家剛才不是說了很期待看到達令的反應，而且若是不竭盡全力戰鬥，就沒辦法幫助達令和十香順利約會了啊～～再說——」

「……再說？」

四糸乃納悶地歪了歪頭。美九眼裡閃耀著燦爛的光芒，繼續說：

「——靈力耗盡，無法顯現靈裝就視為戰敗……這表示輸的人會像被達令封印時那樣，呈現誕生時的狀態對吧～～！

衝著這一點——人家無論如何都必須戰勝到最後才行～～！」

美九強而有力地熱情訴說後，四糸乃她們不知為何後退了一步。

「這、這樣啊……」

「哇～～……感覺一下子就解開美九實力變強的謎團了呢。」

說完壓低姿勢，格外加強戒備。

不過，美九可沒有要讓兩人逃跑的打算。她舉著〈破軍歌姫〉的銀筒，腳跟用力朝地一蹬。

「〈破軍歌姫〉——【輪旋曲】！」

於是下一瞬間，無數的銀筒出現在美九腳邊——不，是包圍住四糸乃和「四糸奈」，以放射狀響起「聲音」，試圖束縛住四糸乃她們。

「！四糸奈！」

「了解！」

四糸乃與「四糸奈」在千鈞一髮之際察覺到美九的企圖，飛上空中。

不過，這正中美九的下懷。美九深深吸了一口氣，朝空中的四糸乃恣意地發出「聲音」。

「——哇！」

「呀……！」

「嗚哇～～！」

大範圍釋放出的「聲音」雖然威力不強，但難以閃避。四糸乃與「四糸奈」全身沐浴在衝擊波中，瞬間縮起身子。

美九趁機「咚、咚」朝虛空一蹬，飛上空中後，揮舞手中的銀筒。

「吃我這招——啦～～！」

「……！」

四糸乃抽動眉毛的同時，捲起冷氣漩渦，產生冰牆。不過，美九蘊含「聲音」的一擊一瞬間便將之粉碎。

四糸乃產生冰；美九粉碎冰。不斷重複這般攻防後，冰的產生速度漸漸跟不上美九的速度。

「四糸乃！這樣下去不行！會被打敗！」

「我知道……！所以——」

在冰粒飛濺之中，四糸乃與「四糸奈」似乎在交談些什麼。大概是在盤算如何逃離美九的猛攻吧。

「休想——得逞！」

美九如此說道，粉碎不知是第幾道冰牆的同時，揮舞〈破軍歌姬〉的銀筒。

然後在銀筒的前端聚集層層的破壞之「音」——

「——【交響曲(Symphony)】！」

像鐵槌般揮下後，一口氣釋放衝擊。

「呀啊啊啊啊啊啊！」

「哇呀～～！」

四周散布震耳欲聾的巨響，正面承受〈破軍歌姬〉攻擊的〈冰結傀儡〉與四糸乃的靈裝化為光粒四散。

——美九勝利。強烈的成就感令美九一陣哆嗦。

「！打贏了～～！人家單槍匹馬也能戰鬥——」

然而，說到這裡，美九止住話語。

這也難怪。因為靈裝消失，呈現半裸狀態的四糸乃軟弱無力地癱坐在地——

「美九……不、不要弄疼我……」

淚眼汪汪地抬眼說道。

「四……！四四四四四糸乃……！」

那楚楚可憐的模樣和聲音，令美九的理性瞬間蕩然無存。

「別、別別別擔心！人家不會弄疼妳的～～！不過，妳這樣待在這裡會感冒的！人家負起責任，把妳帶到安全的地方～～！來，往這邊——」

就在這時——

接近四糸乃如此說道的美九才發現有一道類似光線的東西從四糸乃的手指沿伸出來。

「那個……對不起了，美九。」

「咦？」

下一瞬間，美九被出現在她背後的巨大影子壓垮，失去意識。

——十名精靈，剩下九名。

斷章／四 Reunion

過沒多久，我再次和那個奇怪的男人相見。

另一個自己——那個男人稱為「十香」——的心起伏不定後，自己的意識再次被拉出表層。

不過，從十香的內心流進的情緒與過去強烈的絕望有些不同。該說是寂寞……忘卻——遺忘某種不可忘懷的事物般，一種不明所以的不安感。對於不知原因的痛苦難以忍耐的模樣。

——清醒的地方並非以前的戰場，而是熙熙攘攘的大街上。

而她幾經波折，終於與上述的男人——士道相會，交談了一下。

被名叫折紙的女人利用，不得不與叫作六喰的女人對決，雖然遇到許多麻煩事……但也並非毫無收穫。

士道看來是個善良的人類，至少沒有讓十香陷入絕望的意圖。然而怪就怪在恐怕十香的絕望和悲傷全都跟這個男人脫不了干係。若是士道受傷，十香也會感到切身之痛；若是士道痛苦，十香也跟著心情沉重。

……多麼不可思議的現象。體會到這一點的她在離去時留下一句話：

「——別讓我……」

「咦……？」

士道呆愣地瞪大雙眼說道。她以冷淡的雙眸俯視他，接著說：

「別讓『十香』太難過。」

第四章 最終勝者

暖風輕撫臉頰。

前幾天還大衣不離身，如今天宮市的街頭四處可感受到新季節的氣息。開始染上色彩的草皮、含苞待放的草木……還有，面對開始飛舞的花粉，口罩不離身的人群。這些事物逐一累積，讓街上的景色漸漸染上春意。

離開學校的士道等人望著此等風景，走在路上。

是與平時走的通學路跟前往站前大道不同方向。隨著遠離學校，大型建築物與車道漸漸變少，樹木與田野等自然景色增加。

十香與天香各自走在士道的兩旁。十香好奇地東張西望，開心地說：「喔喔，士道，那是什麼？」而天香則是不悅地抿起嘴唇，沉默寡言。

不過——不知道走了多久，天香突然抽動了一下眉毛，旋即停下腳步，然後像在眺望遠方般抬起頭。

「——這種感覺……哼，原來如此。看來〈囁告篇帙〉的宿主第六感很準呢。」

「咦？」

天香嘴裡唸唸有詞；士道不禁反問。

不過，天香一臉不悅地皺起眉頭後，惡狠狠地瞪向士道。

「沒事，毋須理會我。你只要專注十香一人便可。」

「不不，怎麼可以這樣。難得三個人一起約會……」

「哼。」

士道臉頰流下汗水苦笑後，天香又冷哼了一聲。

「話說，尚未到達你說要讓我們看的東西嗎？別太浪費十香的時間。」

然後她不滿地如此說道。十香聞言，用力搖了搖頭。

「才不浪費呢，天香。像這樣和士道還有妳在陌生的街道漫步，我覺得很開心呢——所謂的約會不是要做什麼才叫約會，而是跟誰在一起覺得開心，那一瞬間就叫作約會。」

「——這樣啊。」

大概是沒想到十香會回這樣的話，天香微微睜大雙眼。不知十香是否有察覺到天香的表情變化，只見她自信滿滿地挺起胸膛。

「論約會，我是前輩！可以告訴妳各種知識！畢竟我是前輩嘛！」

「……唔嗯。那妳就讓我見識見識約會的真髓吧。」

天香如此說完，瞥了士道一眼。

「——事情就是這樣，撿回一條小命的人類。」

「咦！我剛才是面臨生死關頭嗎？」

「不只剛才，是所有互動都攸關你的性命。要是你敢讓十香感到一點點不悅，我便讓你瞬間身首分離。」

「咦咦……」

士道被天香恐怖的發言和沒在說笑的氣魄所震懾，嚇得差點倒退一步。不過，天香的態度令十香眉頭深鎖。

「喂，天香，不可以說這種話喔。而且，約會是要讓彼此『開心』，不可以只要求士道讓我開心。」

「……這樣啊。那我還是沒必要同行吧。我沒什麼快樂可和十香跟人類分享。」

「妳在說什麼啊，剛才我們也說過了吧——我們只要跟妳在一起，就很『開心』了。對吧，士道？」

十香對士道微微一笑，徵求他的同意。士道大大地點了點頭回應：

「是啊，那是當然。」

「……哼。」

天香撇開視線如此說道。雖然態度冷淡，但那似乎是以她的方式在表示同意的樣子。

十香應該也如此判斷，只見她滿足地點頭，繼續說：

「嗯，知道就好。那就和好吧，跟士道說對不起。」

「……妳說什麼？」

聽見十香說的話，天香板起一張臉。

但大概是無法抗拒十香笑咪咪的表情，超不甘願地望向士道。

「對、不、起。」

「……喔，嗯。」

士道至今還未聽過這般一字一句中帶有殺意的道歉。聽見伴隨著像是要射殺自己的眼神說出的話語，士道點頭接受道歉，背部汗水淋漓。

但總不能一直畏畏縮縮吧。士道清了一下喉嚨轉換心情，面向兩人。

「──那麼，十香、天香，差不多要到目的地了。我要事情要拜託妳們兩個……」

「唔？什麼事？」

「…………」

十香表情明朗，而天香則是默默地望向士道。士道分別朝兩人伸出右手和左手。

「接下來可以請妳們閉上眼睛，直到抵達目的地嗎？──我想給妳們一個驚喜。」

「喔喔！感覺很有趣呢！」
士道說完，十香立刻閉上眼睛，一把握住士道的手。
相反地，天香還是一臉不滿地瞪著士道。
「我就算了。你跟十香兩個——」
「「天香。」」
不過，當士道和十香同時呼喚她的名字後，她便擺出一副愁眉苦臉的表情，但還是老實地閉上眼睛，將自己的手放在士道手上。
「好，那慢慢前進嘍。小心腳步。」
士道說著，牽著兩人的手，倒著走為她們帶路。
話雖如此，明明閉著眼睛，兩人的步伐卻很穩健，步調甚至比倒退走的士道快。看來不是十分信賴士道，就是感覺敏銳得即使封閉視覺也不至於無法行走……恐怕十香是兩者，而天香是後者吧。
士道一邊回頭望向後方一邊前進，避免被兩人超前，在轉角處停下腳步。
「——好，到了喔。妳們兩個張開眼睛吧。」
接著如此說道，雙手稍微使勁示意兩人。於是，十香和天香不約而同地停下腳步後，又同時睜開雙眼。

然後——

「——哇啊——」

「——」

兩人張開眼睛後，直接瞪得圓滾滾的。

不過這也難怪。如果士道第一次看見這樣的景色，肯定也會做出類似的反應吧。

——沒錯，若是看見一大片盛開的櫻花林。

數也數不清的櫻花樹上花朵盛開得繽紛燦爛。那幅景色既豪壯又華美，絢爛又——虛幻，奪去見者目光的夢幻光景。

「喔喔……！」

瞬間，一陣風吹來。穿過樹林的風微微搖晃伸向天際的樹枝，無數花瓣同時飄落。

「…………」

所謂的櫻吹雪形容得真是貼切。大量花瓣形成粉色奔流，正宛如暴風雪，吞噬瞪大雙眼的十香她們。

「這、這是什麼……是花——嗎？」

髮絲和肩膀沾上櫻花花瓣的十香興奮得臉頰泛紅。士道用手幫她撥掉花瓣，莞爾一笑。

「是啊。這叫櫻花——我一直很想讓妳看看。」

士道如此說道，抬頭仰望櫻花樹。

沒錯。聽到要與十香約會，士道腦海裡浮現的就是這裡。

理由很單純——因為他認為這是十香不曾看過的風景。

自從去年的四月十日相遇後，士道與十香看過各式各樣的景色。學校、街景、大海、楓葉，以及雪景——每次十香的眼睛都散發出燦爛的光彩。

不過，由於封印十香的靈力時，天宮市附近的櫻花已經全部凋謝，唯獨這個風景無法讓十香看見。

但這或許也算是因禍得福吧。正因為至今不曾讓十香看見這幅景色，她才能和天香一起迎接這初次的瞬間。

「——怎麼樣，天香？很漂亮吧？」

「…………唔。」

士道出聲攀談後，神情恍惚地仰望櫻花的天香便微微顫動肩膀，轉移視線。

「別問我，問十香吧。十香樂在其中的話，我便——」

說到這裡，天香止住話語。

因為從背後偷偷靠近的十香——

「看我的！」

捧著拾起的櫻花花瓣，天女散花般往天香的頭上撒。

無數花瓣翩然飛舞，朝天香傾瀉而下。瞬間天香整個人沾滿了花瓣。

「哈哈哈，有機可乘！」

「…………看妳幹的好事。」

轉瞬間變成花之妖精的天香眯起眼睛有些開心地如此說道，像隻被淋濕的小狗甩動身體，把身上的花瓣甩掉。

「喝啊！」

然後以迅雷不及掩耳的手法拾起花瓣，以牙還牙。十香的長髮瞬間裝飾著粉色的花瓣。

「嗚哇噗……！」

「哼，這樣就扯平——」

天香再次止住話語。

理由不用想也知道。因為在十香和天香嬉鬧的期間拾起花瓣的士道從背後撒了她一身花瓣。

「噗！妳忘記防守背後嘍，天香。」

「你這傢伙。」

天香惡狠狠地瞪向士道後，撿起路上的小石頭追打逃之夭夭的士道。

「喂……！感覺對我報復的手段比較狠耶！」

「住口。小看我的罪，拿你的小命償還便可。」

「十、十香～～！救命呀～～！」

「嗯，等一下，士道！我馬上收集下一團花瓣！」

「什麼……可惡耶，你太卑鄙了，人類。」

三人開始在櫻花紛飛的林蔭大道上追逐。

◇

「什麼——」

六喰在樹木繁茂的樹林中瞪大雙眼，啞然失聲。

這也難怪。因為突然聽見有人呼喚她的名字，回頭一看——竟然看見理應正與十香在約會的士道。

不只六喰，連她對面的二亞和瑪莉亞的表情也同樣染上驚愕之色。

六喰放下舉著〈封解主〉的手，面向士道。

「郎君……你為何在此處？不是應該與十香在約會嗎？」

六喰詢問後，士道便感慨萬千地嘆了一口氣，說道：

「是啊，我已經順利與十香約會完了，放心吧。」

「！此話當真？」

聽見士道說的話，六喰再次將一雙眼睛瞪得老大。於是，士道溫柔地微笑，繼續說：

「──事情我已經聽琴里說了。聽說大家為了我和十香的約會非常努力呢，真的──很感謝妳們。我之所以能堅持到底，都是多虧大家的幫忙。」

「郎君……」

「不過，已經不要緊了，沒必要再繼續戰鬥。來，回到大家──」

「──等～～一下！」

就在這時，二亞出聲打斷士道。她以右手手指撫摸著〈囁告篇帙〉的紙面，對士道投以銳利的目光。

「二亞……？所為何事？」

六喰納悶地如此說完，二亞便「嗯！嗯！嗯！」地發出莫名的悶笑，用手猛力指向士道。

「我就覺得這話聽起來太假了。幸好為了保險起見，用〈囁告篇帙〉調查了一下──竟然想到變成少年來欺騙攻擊別人，這一招很精明嘛。妳說是不是，『七果』？」

「妳說什麼……！」

六喰倒抽一口氣，再次望向士道。他的臉龐無庸置疑是士道的模樣──但經二亞揭穿後，可見他蹙起眉頭。

「……唔……！」

二亞見狀，勾起嘴角。

「妳還是一樣變身得很完美呢。不過，妳這招騙得過小六，可騙不過我喵。妳應該明白這一點才對——」

說到這裡，二亞像是察覺到什麼事情似的眉毛抽動了一下，說道：「喔喔。」

「我懂了，是為了救糸糸啊。如果放著不管，接下來被幹掉的就是糸糸和小美了嘛。妳跟糸糸感情那麼好，肯定看不過去。嗯～我還真走運，釣到意想不到的獵物呢。唔～哈哈哈！」

二亞以反派的態度哈哈大笑後，再次指向士道——不，是化身士道的七罪。

「出現在這裡算妳倒楣！六喰大師，麻煩妳了！」

「狠話撂到最後，還是要依靠六喰啊。」

站在二亞背後的瑪莉亞瞇起眼睛不屑地說道。不過，二亞不予理會（額頭冒汗就是了），以充滿信賴的視線望向六喰。

「唔嗯……」

但是，六喰並沒有立刻行動。

從對方沒有反駁這一點看來，那個士道肯定是冒牌貨吧。如此一來，當然會對企圖利用士道的模樣來暗算六喰的七罪有怨氣。然而——

「……沒錯。」

七罪像是察覺六喰的心境般，以士道的模樣發出和士道一樣的聲音：

「我的確是做了蠢事。只要有〈贗造魔女〉，不管我變身得再完美，都一定會被識破——不過……」

七罪猛然瞪大雙眼，凝視著六喰的臉。

「我並不後悔採取這樣的行動，就算在這裡被打倒也無怨無悔——妳呢，六喰？就算遵循二亞的戰略戰勝到最後，因此獲得告白權，妳能堂堂正正、抬頭挺胸地站在士道的面前嗎？」

「……！我——」

六喰聞言，感覺胸口一陣刺痛。

就像是從剛才就一直懸在心上的事化為言語，作為事實擺在眼前的感覺。明知是冒牌貨，但以士道的容貌和聲音指出這一點，殺傷力還是非常大。

——其實六喰並沒有想跟士道告白的意思。士道接受了六喰，要她成為自己的家人。對六喰而言，這就是一切，她再別無所求。

那麼為什麼六喰想得到告白權呢——終究只是因為「不希望讓其他人使用告白權」罷了。

六喰非常喜歡士道，正因如此，才希望士道永遠不變，不希望他眼中只注視著某個人。

不過，現在的六喰能面對士道嗎？

她沒有否定二亞做法的意思。以這類戰略跟別人聯手乃兵家常事，為了戰勝到最後而竭盡全力的態度反而很迷人。

不過——這樣的做法並不符合六喰的個性。僅只如此而已。

「喂……喂喂喂！七果，妳在幹什麼啊？冒牌貨被揭穿身分的話，必須說：『嘖！被發現了啊！』然後逃之夭夭或是被打敗才行吧！妳怎麼反過來拉攏小六呢！」

「……哈，我說過了吧，我一開始就知道會露出馬腳了。不過，我也隱約了解二亞妳的做法並不符合六喰的個性——六喰！對自己誠實一點吧！」

「用少年的語氣說話太詐了，別這樣啦～～～～～～！不要被騙了，小六！跟我一起雄霸天下吧！」

「——二亞、二亞。」

就在這時，瑪莉亞用指尖「咚咚」敲了敲二亞的肩膀。二亞不耐煩地瞥了她一眼。

「幹嘛啦，瑪莉亞！我現在很忙耶！」

「事態可能非常緊急。」

「我知道啊！妳也快來幫我制止小六！」

「不，我是指別件事。」

「……咦？」

瑪莉亞說完，二亞皺起眉頭。

「嘿！嘿嘿……」

緊接著化為士道的七罪像是察覺什麼事情似的淺淺一笑。

「……啊啊，抱歉了，六喰。別太煩惱，我說的話大概都是靠衝動和胡說八胡，只要──

『能爭取時間就好了』。」

「此言何意……？」

「咦……？」

六喰疑惑地歪了歪頭，二亞也跟著納悶地皺起眉頭。

於是，七罪慢慢抬頭望向天空。

六喰與二亞像是被她的視線引導，望向上方──

「唔嗯──」

「啊……！」

看見不知何時出現在那裡的人影，瞪大雙眼。

這也難怪。因為站在那裡的是──

「咯咯咯……汝吃了熊心豹子膽嗎？」

「憤慨。妳已經做好……心理準備了吧。」

身穿破爛不堪的靈裝，表情染上憤怒之色的耶俱矢與夕弦。

「噫……！小、小矢，小弦……！妳們不是被瑪莉亞大軍打敗了嗎……話說，妳們怎麼知道我在這——」

二亞說到這裡，止住了話語。

恐怕六喰也發現了——生長在附近的樹木上半部變成了寫著「二亞在這裡↓」這幾個大字的看板。

能做出這種事情的，只有一名精靈。二亞臉色鐵青地望向七罪。

「七……七果～～～！」

「啊哈哈……我詳細調查後，發現耶俱矢和夕弦勉強還沒有淘汰。只要這麼做，她們就會來找妳報仇吧？」

七罪說著說著，手上顯現出書形天使——模仿〈囁告篇帙〉的〈贗造魔女〉。看來，是用它來確認八舞姊妹平安無事的樣子。

「妳、妳算計我，七果！太奸詐了吧～～！妳就沒有憑一己之力光明正大地戰勝到底的骨氣嗎～～！」

「汝～～～有資格說別人嗎～～～！」

「報復。我絕不留情。妨礙夕弦和耶俱矢對決的罪，我要妳用性命償還。」

耶俱矢和夕弦怒氣沖天地大喊，朝空中一蹬，衝向二亞。

「噫～～～～～～！救命啊，瑪莉亞～～～～～～！」

二亞發出窩囊的慘叫聲，穿梭在樹木之間的縫隙，逃之夭夭。

之後傳來一陣哀號與怒吼，還有樹木被強烈風壓橫掃的聲音。不過——不久後靜謐無聲。不知二亞是被解決了還是順利逃脫，但八舞姊妹也沒有要回到這裡的跡象。

「……唔嗯。」

六喰輕聲嘆息後，走向依然維持士道模樣的七罪。

「……！」

七罪雖然嚇得肩膀抖了一下，還是認命地擺出戰鬥姿勢。

「……哎，我想也是啊……好吧。畢竟慫恿妳的人是我，我就豁出去吧，盡情釋放靈力後淘汰。」

七罪死心般說道。不過，六喰一語不發地凝視著她，張開雙手緊抱住她。

「什……！咦？喂……？」

想必七罪對六喰的行動深感意外吧，只見她發出慌亂不已的聲音。六喰吐出一口長氣，輕聲說道：

「──儘管妳是為了爭取時間而信口開河，但妾身因此察覺到某些事也是事實。多謝──妾身……妾身決定掌握能由衷引以為傲之勝利。」

六喰如此說完，放開七罪。

「……即使是冒牌貨，妾身亦無法再次對郎君刀劍相向──下次再見時，以其他姿態現身便可。到時候，妾身將全力一決高下。」

然後她莞爾一笑，朝地面一蹬，飛向空中──尋求適合讓自己全力以赴的戰場。

「……，……，……」

獨自被留在現場的七罪好一陣子無法呼吸。

心臟劇烈跳動到還以為就要撞破肋骨。指尖麻痺，連視野也朦朧不清。

「…………呼啊啊啊啊啊……」

等六喰的身影消失後，七罪才終於吐了一大口氣，同時身體發出淡淡光芒，從士道變回原本的模樣。

「……感覺今天九死一生的經驗太多了吧……？我真的以為這次會被淘汰……」

七罪說著俯看自己的身體，摸來摸去──像在回味六喰剛才緊抱住她的觸感。

「…………胸部好豐滿啊。」

七罪呢喃一句後便消失在草叢中，以免被其他精靈發現。

◇

「嚱……！嚱……！」

二亞氣喘吁吁地在樹木繁茂的林中道路上狂奔。

後方傳來耶俱矢和夕弦颳起的暴風與無數的瑪莉亞互相碰撞的聲音。

沒錯。因為拜託瑪莉亞拖住八舞姊妹的腳步，二亞才好不容易脫逃。

話雖如此，還是一刻也無法安心，畢竟連出其不意的襲擊也無法將那兩人打敗。就算瑪莉亞的數量再多，二亞也不認為能解決掉她們。當瑪莉亞這道屏障被突破的瞬間，耶俱矢與夕弦勢必會以精靈最快的速度追上二亞吧。如此一來，便萬事休矣。

正因如此，二亞才十分著急——為了找到新的搭檔來代替六喰。

「現在有誰還沒被淘汰……？告訴我，〈囁告篇帙〉～～……！」

她發出高八度的聲音，顯現〈囁告篇帙〉，沒有停下逃跑的腳步，直接撫摸紙面。

在諜報方面，〈囁告篇帙〉的力量強大無比，絕對會有精靈願意跟自己聯手才對。最好是已經跟誰打過一仗，精疲力盡的精靈，這樣對方比較有可能乞求自己幫忙。雖然有像六喰那樣基於自己的個性和信條而不齒與之為伍，但沒有人不想要〈囁告篇帙〉的力量。只要勸說成功——

——這時……

「嗚哇噗！」

一邊思考這種事情一邊狂奔的二亞突然撞上東西，一屁股跌坐在地。

一時之間還以為是撞到了樹木之類，然而——並非如此。二亞感受到的觸感是更柔軟且富有彈性的東西。

「好痛啊……到底是什麼——」

說到這裡，二亞止住話語。

因為她發現自己撞到了什麼。

「——哎呀、哎呀，二亞，妳這麼著急是怎麼回事呢？」

綁成左右不均等的黑髮與白瓷般的肌膚；身穿點綴著十字架的不祥黑紅色洋裝。

站在那裡的少女將「看過一次便難以忘懷的時鐘眼瞳」瞇成新月狀，溫柔地對二亞微笑。

「——！」

她的表情柔和，聲音溫順。然而二亞卻湧起一股領口被倒進冰塊般的錯覺。

「三、三三……」

「是的、是的。」

二亞以顫抖的聲音呼喚其名，少女——時崎狂三便以戲謔的態度點了點頭。

「好了，雖然我不太喜歡爭鬥，但既然遇見了就只好一戰，這是這個戰場的規定——」

狂三以裝腔作勢的口吻悲傷地說道。二亞輕聲呢喃：「……哈哈，真好笑……」

「慎重起見，我稍微問一下，妳還有什麼話想說嗎？」

「呃，這個嘛，三三，我姑且問一下，妳有沒有興趣跟我聯手——」

「——我為什麼要跟妳聯手？」

說完，與二亞同樣擁有〈囁告篇帙〉的精靈浮現猙獰的笑容。

——十名精靈，剩下八名。

◇

「……是二亞。」

「確認。是二亞呢。」

擊退瑪莉亞大軍的耶俱矢和夕弦，在前方的林中道路俯視像壓扁的青蛙般趴在地面的女性，如此呢喃。

呈現靈裝剝落的半裸狀態，腳尖還不時抽動。看來是暈厥過去了，但偶爾會發出「唔、唔」的呻吟聲。敗得一塌糊塗。

「打到一半瑪莉亞大軍突然消失時，我就在懷疑……是有人在我們之前打敗她嗎？」

「推測。應該是這樣沒錯。不過，也不排除遭到瑪莉亞叛亂的可能性就是了。」

「啊～～……」

耶俱矢低吟著：「也不無可能呢……」接著不甘心似的跺腳。

「可惡～～……到底是誰幹的？竟然搶走我們的獵物，我本來還想報復二亞耶。」

「嘆息。沒辦法。這不關打倒二亞的那個人的事。」

「哎，是沒錯啦～～……啊啊，真是的，竟然還給我悠閒地躺在地上。」

「警告。既然無法顯現靈裝，就代表二亞已經淘汰。我明白妳想抽她屁股的心情，但殘害淘汰者是違反規則的事。」

「我、我知道啦。」

被夕弦這麼一說，耶俱矢收斂怒氣。

「…………」

「…………」

耶俱矢與夕弦凝視著二亞的背一會兒後，不約而同地抬起頭，望向彼此。

「——那麼，沒想到妨礙者消失了。」

「首肯。這樣下去，舉起的拳頭無處發洩。」

「既然如此——」

「當然。」

耶俱矢和夕弦宛如事先商量好了，在同一時間勾起嘴角後又同時朝地面一蹬，拉開距離，舉起天使相對。

耶俱矢手握巨大的長矛【穿刺者】。

夕弦操縱著靈擺【束縛者】。

構成最快天使〈颶風騎士〉的兩樣武器，因為雙方再三交戰，表面產生細痕。

不，不只如此。兩人身穿的如拘束衣的靈裝，以及顯現在各自肩上的單翼也四處缺角、破碎，隱約可見淡淡的靈力從斷面處閃閃發光。

不需交談也能理解，雙方已接近極限。

當然，要並肩作戰也未嘗不可。雖然不知道其他精靈的狀況，但應該不可能有人毫髮無傷。

既然如此，八舞姊妹聯手取得勝利的可能性也並非為零。

——不過，耶俱矢和夕弦毫不猶豫地選擇了這個選項。

向士道告白的權利的確很吸引人。耶俱矢與夕弦心中充斥著尚未對士道完整表達的情意。因為不好意思、害怕士道會如何回應，或是顧慮其他人的心情這種種因素，兩人將淡淡的情意收藏在心。或許能夠吐露這些情意的機會真的十分難得。

不過，有另一種心情淩駕其上。

那就是兩人都無法忍受——分享血液與存在的另一半被自己以外的人淘汰。

「——我要上嘍，夕弦。」

「應戰。放馬過來吧。」

兩人用力踏出腳步，同時往地上一蹬。

瞬間，周圍的樹木沙沙作響。地面微微震動，慢了一拍後，衝擊波襲向四周。

就算這場勝負有見證人，也無法只憑周圍的變化感受到兩人的行動吧。

耶俱矢與夕弦的動作就是如此風馳電掣，令人難以想像雙方的靈力就快到達極限。

不過，兩人正確捕捉到彼此的動作後，在壓縮到極限的意識中進行無數次攻防。

耶俱矢像鑽頭一樣旋轉【穿刺者】，並且刺向夕弦。於是，夕弦讓【束縛者】如漩渦般轉動，纏繞住【穿刺者】。兩道力道彼此相剋，雙方的天使瞬間便粉碎四散。

「唔——！」

「————！」

不過，兩人並未停止。耶俱矢與夕弦將所有靈力注入緊握的拳頭後，竭盡全力痛打對方。兩人的手臂完美交錯，沒入雙方的身體。

「嘎、啊……！」

「痛……苦……」

兩人一擊爆裂的地方颳起猛烈的衝擊波，將兩人早已破爛不堪的靈裝一口氣吹飛。呈現半裸狀態的耶俱矢與夕弦搖搖晃晃地失去平衡後，就這麼仰身倒向後方。

雙方姿勢呈現大字形，頭與頭相鄰。

「呼……！呼……！」

「……呼──呼……」

兩人胸口劇烈起伏，急促的呼吸籠罩了四周好一會兒。

不久，呼吸平靜下來時──耶俱矢望向天空發出笑聲。

「哈，哈哈哈哈……！唉～……果然還是落得這樣的下場啊。我有那麼一剎那還以為能夠打敗妳呢……」

夕弦也跟著莞爾一笑。

「同意。夕弦也是。粉碎【穿刺者】的瞬間，還以為贏了呢。」

「咦咦？連這一點都一樣嗎？這樣的話，呃，就是……」

「概算。若不算封印後的比賽，這下子就是一百戰二十五勝，二十五敗——五十平手。」

夕弦說完，耶俱矢再次笑了笑。

「下次——我一定會贏。」

「狂妄。夕弦會反過來擊敗妳。」

耶俱矢與夕弦四目相交，搖搖晃晃地舉起手，互相擊拳。

——十名精靈，剩下六名。

◇

——在櫻花道嬉鬧片刻後，士道等人來到附近的日式甜點店。

因為有點嬉鬧過了頭，想稍微休息一下，但主要理由還是因為十香在玩耍時肚子開始「咕嚕咕嚕」叫。正式的午餐另外再吃，先踏進附近的店家果腹再說。

店面裝潢得頗有一番風情，店頭擺設著鋪著紅毛氈的長凳與紅紙傘，與飄落的櫻花相輔相成，營造出十分風雅的風景。士道等人成為這景色的一部分，等待剛才買的商品送來。

「——啊。」

隨風飛揚的櫻花花瓣翩然飛舞，在士道茶杯裡斟滿的綠茶表面描繪出微微的波紋。

坐在身旁的十香見狀，瞪大雙眼。

「喔喔，櫻花飄到士道的茶裡了呢！唔，真漂亮……不知道會不會也飄進我的茶呢？」

「哈哈，這就得問問看櫻花了……」

「——哼。」

士道話音未落，天香輕輕冷哼了一聲。

瞬間，颳起一陣風，兩片櫻花花瓣飄落到十香的茶杯。

「喔喔！也飄進我的茶杯了！而且是兩片！」

「……天香，妳剛才有動什麼手腳嗎？」

「我不明白你在說什麼。」

士道冒出汗水詢問後，天香便垂下視線裝傻……態度實在太不自然了。這裡是她的世界，要做到這點小事根本是輕而易舉吧。

不過，追究這件事也沒什麼意義。十香看起來也很開心，就不計較了吧。士道如此判斷，以苦笑帶過。

「——讓各位久等了～～」

此時，穿著和服的店員端著托盤走過來。十香對店員的聲音產生反應，表情一亮。

「喔喔，來了！我等不及了呢！」

店員大概也沒想到會如此受到歡迎吧，只見店員「啊哈哈」地笑著，將盤子擺到長凳上。

看見盤子上裝的圓形點心，十香將眼睛瞪得就像那點心一樣圓滾滾的。

「喔喔！這是什麼，士道？」

「這是櫻餅。淡淡的粉紅色，很漂亮吧。裡面有包餡。」

「喔喔，既然叫櫻餅……就表示是仿照那種花的顏色吧。原來如此，真漂亮。那麼，那邊那個又是什麼？」

說完，十香指向擺在天香那邊的盤子。盤子上裝著和擺在十香身邊的甜點形狀有些不同的和菓子。

十香的甜點是圓形，而天香的則是用扁平的麵皮將內餡包成圓筒的形狀。

「喔喔，天香的也是櫻餅。」

「什麼？可是形狀看起來差好多喔。」

「道明寺與長命寺——簡單來說，就是關西風和關東風的差別。難得兩種都有，要不要來比較一下味道？」

「喔喔，好耶！我們馬上來吃吧！」

「——且慢。」

就在十香聲音雀躍地如此說道後，天香拿起盛著櫻餅的盤子，凶狠地瞪向士道。
「怎麼了，天香？」
「這個點心外面黏著的不是樹葉嗎？你這傢伙，想讓十香吃這種東西嗎？」
說完，指了指包在櫻餅表面的櫻葉。士道了然於心地露出苦笑。
「一開始的確會嚇到吧。那是鹽漬櫻葉，可以吃的，放心吧。」
「……真的嗎？」
「當然是真的——唔唔！」
說到這裡，士道止住話語。不——正確說來，是被迫中斷。
「那你先吃吧。」
天香說完，將櫻餅塞到士道嘴裡。
「……！……！」
儘管因為事發突然而大吃一驚，但天香以懷疑的眼神目不轉睛地盯著看，士道連嗆都不敢嗆一下。好不容易讓呼吸平靜下來後，才咀嚼被塞進口中的櫻餅。櫻餅本身的味道很好吃，算是不幸中的大幸。
於是，十香不滿地嘟起嘴脣。
「唔，天香，妳太詐了吧，竟然一個人餵士道吃——士道，我也要餵你吃！」

「……！」

十香說完，用牙籤插起櫻餅，遞給士道。士道個人是希望將天香的櫻餅嚼完嚥下後，再享用十香的，不過——

「…………」

——沐浴在天香「為何不吃十香的櫻餅？找死嗎？」的視線下，實在無法拒絕，只好半強迫自己塞進第二塊櫻餅。

「喔喔，怎麼樣，士道，好吃嗎？」

「……，……」

剛吃下去，實在沒辦法馬上開口。士道面帶笑容點頭表示肯定。於是，十香便露出心滿意足的微笑。

「嗯，那就好！那麼天香，我們也享用吧！」

「……嗯。」

雖然是半強迫性地逼士道試毒，但天香似乎還是因此同意了，用牙籤插起櫻餅。

不過就在這時，大概是看見十香雙手合十行禮的模樣，天香便停下動作。

「我要開動了！」

「…………」

天香先將插起的櫻餅放回盤子上，模仿十香雙手合十。

「我要開動了。」

然後跟十香一樣如此說道，再仔細端詳櫻餅，放入口中。

於是，搶先一步大快朵頤的十香猛然瞪大雙眼。

「！喔喔，這個好好吃喔……！甜甜的，有一點鹹，好像有股淡淡的清香……我第一次嚐到這種味道！」

「哈哈，妳喜歡就好——天香呢？覺得如何？」

「……還不錯。」

士道詢問後，天香便撇開目光如此說道。

雖然眼神銳利，語氣冷淡，但不知為何，總覺得她的表情看起來有些滿足。

士道頓了一拍才發現，天香的反應跟剛認識時還不信任人類的十香一模一樣。

「…………」

察覺到這件事的同時，士道突然心想——天香雖然很常做出粗暴的行為，但她實在不像是會為了私利私欲改變世界的精靈。

「……怎麼，人類？有意見嗎？」

「啊，沒有……」

看來自己似乎是默默地盯著天香看了。士道如此說道試圖蒙混過去後，挪開視線，結果一塊插在牙籤上的櫻餅恰巧從士道的右邊冒了出來。

「天香！這種櫻餅也很好吃喔，吃吃看！」

「……唔。」

天香視線落在遞到眼前的櫻餅後，自己也用牙籤插了一塊手邊的櫻餅遞給十香。必然在士道面前形成兩人的手交錯的模樣。

「喔喔，謝謝！」

十香表情閃閃發亮，一口把遞給她的櫻餅塞進嘴裡。於是，天香也依樣畫葫蘆地咬下十香遞給她的櫻餅。

兩人在士道臉龐的正前方嚼著甜點。目睹這無比奇妙的光景，士道不禁苦笑。

「唔嗯……！這個也好好吃喔！口感跟剛才的不一樣，真有趣！」

「……唔嗯，原來如此。」

十香笑容滿面地點了點頭，而天香則是表情有些凝重地皺起眉頭。兩人的反應雖不相同，但隱約可以感覺出她們都感到很滿足。

於是——

「……！」

下一瞬間，遠方突然傳來爆炸聲，士道顫抖著望向聲音來源。

「剛、剛才的聲音，是怎麼回事……」

「——別在意。」

相對於士道驚愕的態度，天香則是極為冷靜地如此說道。

「不過是幾個愛多管閒事的傢伙在嬉鬧罷了。你只要跟十香繼續約會便可。」

「咦……？天香，剛才那是——」

士道一臉困惑地望向天香。現在的她，就算知道這個世界發生了什麼事也不奇怪。只是她所謂的愛多管閒事的傢伙究竟是……

當士道思考著這種事情的時候，十香緊握住他的手。

「十香？」

士道吃了一驚，望向十香。十香絲毫不見聽到剛才的轟然巨響而驚慌失措的模樣，而是露出溫和的笑容。

「——士道，接下來的行程能交給我安排嗎？這座城市的好多地方，我都想讓天香看看。」

「是、是無所謂啦……」

「這樣啊！那我們走吧。來，士道，牽起天香的手。」

十香一邊說一邊從長凳上站起。天道「咦？」地瞪大雙眼，望向天香。於是，天香一臉不悅地回瞪他。

「我就說別管我了。你們兩人——」

「——有什麼關係嘛……以後不會再有這樣的機會了。」

十香打斷天香，有些寂寞地微微一笑。

「————！」

士道見狀，有種心臟絞痛的感覺。

於是下一瞬間，士道的左手被一把抓住。不知是哪根筋不對，剛才還面有難色的天香竟然主動牽起士道的手。

「……哼。要去就快點走，人類。約會的時間有限。」

「啊，好……」

士道儘管目瞪口呆，還是被十香和天香牽著手，站起來。奇妙的是，竟然跟剛才帶兩人到櫻花道時是完全相反的構圖。

大概是察覺到了這件事，十香欣喜地眼神閃閃發光。

「好，那我們走吧！先往這邊走！」

說完，十香踏著輕盈的步伐前進，天香也與十香並肩移動腳步。右邊溫柔，而左邊則是有些粗暴地拉著士道的手。

「…………」

士道被兩人牽著手走在櫻花道上，仔細思索十香剛才說的話。

——以後不會再有這樣的機會了。

那肯定是指十香與天香兩人同時存在的機會吧。

不過，不知為何——

有一瞬間，那句話聽起來像是蘊含著其他意思。

◇

「美九她沒事吧……」

「哎～～我想用不著擔心，看起來只是昏倒而已。」

四糸乃一臉擔憂地說完，蘊藏在〈冰結傀儡〉的「四糸奈」便發出含糊不清的聲音回答。

四糸乃如今騎乘〈冰結傀儡〉，將昏倒的美九放在自己身後，緩慢地在公園內移動。她的身上再次顯現出剛才理應已經被粉碎的靈裝。

沒錯。四糸乃的靈力尚未耗盡，而是為了引誘美九放鬆戒心才故意先解除天使與靈裝。

然後，四糸乃在吸引美九注意的期間，遠距離操作再次顯現的〈冰結傀儡〉，從背後襲擊美

九……老實說，這方法可能不太值得讚揚，但現在的美九就是如此不容小覷的對手。

勉強戰勝的四糸乃無法對失去靈裝呈現半裸狀態的美九置之不理，正帶她到安全的地方。

「嗯……唔唔～～……就說不行啦～～四糸乃……就算妳吸那麼用力，也吸不出任何東西來啦～～……」

「呀……！」

才剛聽到這樣的夢話，後方就突然伸出一隻手來撫弄四糸乃的身體，令她不禁肩膀一顫。

這時，大概是振動傳到操縱〈冰結傀儡〉的線了，美九被拋出〈冰結傀儡〉的背部。

「對、對不起……！」

四糸乃連忙從〈冰結傀儡〉身上下來，扛起臉蛋著地的美九，再次將她放到〈冰結傀儡〉的背上……其實，四糸乃來來回回這樣的行動，這已經是第三次了。美九每走幾步就會呢喃夢話，緊抱住四糸乃。

「真是的～～美九真的昏倒了嗎～～？我的身體嚴禁觸碰耶～～」

「呼～～……呼～～……」

即使「四糸奈」出聲詢問，美九也只是發出安穩的鼻息。

……通常或許會懷疑她是否在裝睡，但四糸乃曾經在〈佛拉克西納斯〉的休息室目睹美九誇張的睡相，只能苦笑。她使喚〈冰結傀儡〉移動，試圖在美九睡相惡化之前尋找適當的場所讓她躺下休息。

「啊……」

前進沒多久，四糸乃發現了一個像是休息處的地方。那裡擺放著木製的長椅和桌子，上方建造了簡易的屋頂。

〈拉塔托斯克〉會保護淘汰者，暫時將美九安置在這裡應該沒問題。四糸乃如此判斷後，便把美九扛下〈冰結傀儡〉，讓她躺在長椅上。

於是——

「……？嗅嗅……」

美九抽動了一下鼻子，隨後滾落椅子，就這麼在地面爬行移動。

「美九……？」

「睡相又這麼誇張了……話說，她要去哪裡啊？」

當四糸乃與「四糸奈」感到吃驚時，美九不久後便停下腳步——跳上佇立在休息處旁邊的一盞街燈，然後「啾～～～～～」熱情地親吻它。

「！美九，妳在做什麼啊……！」

四糸乃連忙想把美九從街燈上扯下來。

然而，下一瞬間。

「呀────────！」

美九緊抱著的街燈發出高亢的慘叫聲，並且放射出光芒後，變化成一名個頭嬌小的少女。

「七、七罪！」

看見少女的模樣──四糸乃不禁瞪大雙眼，呼喚少女的名字。

七罪痛恨自己疏忽大意。

……不，本來應該痛恨美九睡覺時那怪物般的嗅覺才對，但七罪害怕反過來遭到怨恨，只好怪罪自己。

──七罪成功解除了六喰與二亞的合作關係後，利用拷貝〈囁告篇帙〉的〈贗造魔女〉查探其他精靈的動向，以便制定下次行動的方針。

七罪首先應該要警戒的，是擁有〈囁告篇帙〉的二亞和狂三。七罪的天使〈贗造魔女〉在奇襲方面更容易發揮它的真正價值。不過，無所不知的天使〈囁告篇帙〉的存在會讓它的價值化為烏有。

從二亞立刻便拆穿七罪的身分這點來看，也能明白這兩樣天使水火不容，甚至可說是天敵。只要〈囁告篇帙〉留在戰場，就算七罪變身成別的東西隱藏行蹤，還是一刻也不能大意。

七罪之所以解除六喰和二亞的合作關係，主要也是基於這個理由。兩人想要介入四糸乃與美九的戰爭——的確也是原因之一，但能縱觀戰場的二亞和隨處都能派遣兵力的六喰聯手，這狀況對七罪來說實在太過危險。

（……啊，二亞被狂三幹掉了。可是狂三幾乎毫髮無傷地留在戰場……真是棘手啊……）

當七罪在公園的休息處確認狀況時——突然傳來撥開草木的沙沙聲。

（……！）

循聲望去，可以看見草叢的另一頭冒出一雙大兔耳的前端——不會錯，是四糸乃的〈冰結傀儡〉。

對方似乎還沒發現自己，看來是正往這個休息處靠近。

（唔……）

若是貿然行動，很可能會被發現。七罪煩惱了一下後，發動〈贗造魔女〉，將自己的模樣變成街燈。

她並沒有要偷襲對方的打算，只是希望盡可能避免與四糸乃對戰。四糸乃沒有〈囁告篇帙〉，應該能矇騙過去——

……事情的來龍去脈就是這樣，時間來到現在。

「……啊啊，真是的！」

七罪苦著一張臉，扒開還吸著她臉頰的美九。雖然美九力氣超大地緊摟住七罪，但似乎還是敵不過顯現出完全狀態靈裝的七罪的臂力，就這麼滾向後方。

「啊～～嗯……七罪真壞心～～……」

美九嘟囔著這樣的夢話。明明在睡夢中，似乎還是區分得出誰是誰的樣子。七罪打了一個哆嗦，面向四糸乃。

「……四糸乃。」

七罪呼喚四糸乃的名字。

……但是沒有冒出第二句話，因為她不知道接下來該說什麼才好。

這裡本來就是戰場，是精靈們互相較量的場所。既然碰面，除了「堂堂正正一較高下」以外，還能說什麼？

不過，如果可以，七罪並不想碰到四糸乃。她不想對溫柔尊貴的女神四糸乃兵刃相向，若是四糸乃想要對士道告白的權利，七罪內心深處也存在著一點都不想妨礙她的想法。

七罪心中也有想向士道表達的情意，但比起四糸乃懷抱的情意，肯定是微不足道吧。而且士道也是，比起自己這種人，肯定更開心收到四糸乃或其他精靈的告白。

沒錯。七罪在這裡被淘汰也無所謂，對四糸乃來說也不是壞事。她一定會理解自己吧。既然如此決定，七罪想盡可能避免感到疼痛地消耗靈力——

於是——

「……！」

就在七罪打算將腦海裡的想法說出口時，赫然屏住呼吸。

理由很單純。因為四糸乃「咚」地朝地面一蹬，跨坐到在身旁待命的〈冰結傀儡〉上——

「妳留下來了呢，七罪——真開心。」

然後微微一笑，擺出戰鬥姿態。

「咦，等一下……四糸乃——」

面對四糸乃出乎意料的好戰回應，七罪表現出畏縮的態度。

沒想到那個溫柔的四糸乃竟然會對自己說出這種話。戰場的氣氛會讓人有如此大的轉變嗎？

還是說，她非常想得到對士道告白的權利呢——

「…………」

思考到這裡，七罪咬了咬嘴唇。

兩個理由都有吧。不過，從四糸乃的表情——能感受到她更開心能跟七罪交手。

瞬間——七罪的腦海裡浮現自己剛才說過的話。

（——我並不後悔採取這樣的行動，就算在這裡被打倒也無怨無悔——妳呢，六喰？就算遵循二亞的戰略戰勝到最後，因此獲得告白權，妳能堂堂正正、抬頭挺胸地站在士道的面前嗎？）

這番話分明是隨口胡謅，只是為了爭取八舞姊妹來臨的時間，一文不值的空頭白話。

然而，六喰卻說自己因為這番話而有所醒悟。因為七罪的話……決定去獲得能由衷引以為傲的勝利。

——那麼七罪呢？雖說是胡說八道，但吐出那番話的七罪可以違背那番話嗎——？

「……啊啊，真是的。可惡、可惡……這種事，根本不符合我的個性啦。」

七罪唾棄般說完，顯現出掃帚形天使——轉了好幾圈後，用力指向四糸乃。

「……精靈七罪，天使是〈贗造魔女〉——來吧，堂堂正正……」

然後，用力將靈裝的帽簷向下扯，如此宣言。

「……！」

於是，四糸乃一臉欣喜地加深笑意後，讓〈冰結傀儡〉向前傾，回答：

「精靈四糸乃，天使是〈冰結傀儡〉——一決高下吧。」

◇

——精靈中最強的是誰？

若是提出這個問題，大家會舉出誰的名字？

雖以最強一言蔽之，但判斷的基準各式各樣。有善於操縱靈力者、擁有強力天使者、擅長謀略者——各個領域肯定都有各自的王者，這些要素複雜地牽扯在一起，最後決定戰爭的結果，無法以一句「最強者」來簡單定義。

「唔——」

——不過，假設是一對一的純粹交戰，爭奪頂尖的好手之中，肯定少不了鳶一折紙。琴里在千鈞一髮之際閃開從四面八方射來的光線，突然如此心想。

龐大的靈力量、破壞一切的光之天使〈滅絕天使〉，以及——精靈之中最習慣實戰的經驗值與巫師特有的強韌精神力。

與她美麗的容貌相反，那名白色精靈擁有能使對手破膽寒心的強大力量。

話雖如此——

「〈灼爛殲鬼〉……！」

琴里也不會默默地被壓著打。她咆哮般吶喊天使之名，操縱化為火焰的戰斧，擊落四散空中的無數〈滅絕天使〉。

「——呼——！」

每當此時，折紙便會顯現新的〈滅絕天使〉，不斷發射光線。不過就算是折紙，她的靈力也不可能取之不盡，用之不竭。等到她的靈力用盡，〈滅絕天使〉消失時——那一瞬間，就是琴里致勝的好機會。

不過，那一瞬間來臨時，若是琴里沒有多餘的力量也毫無意義。〈滅絕天使〉的光線再三射穿琴里的靈裝、天使和手腳。每當這種時候，〈灼爛殲鬼〉就會以治癒火焰讓受傷的身體新生，然而一旦琴里的靈力用盡，便無法再發揮再生能力。

總之，就是全力一戰。互相攻擊，直到某一方先耗盡力氣。

「嘖——」

在這樣的戰鬥中，琴里輕輕咂了嘴。

戰況幾乎是勢均力敵——她很想這樣說，但事實上卻是折紙開始稍微占上風。

理由恐怕是「身為人類」的戰鬥力差距吧。

〈灼爛殲鬼〉與〈滅絕天使〉擅長的領域與能力各不相同，但都是力量強大的天使，可說是兩者的力量在互相抗衡。

不過，琴里平常大多坐辦公室工作，加上年齡的關係，身體尚未發育完全；而折紙則是日常鍛鍊，還有無數次實戰經驗，兩者之間的差距在這種極限狀態下顯現出來。

「早知道——就多鍛鍊一點了。」

琴里皺起眉頭，揮動〈灼爛殲鬼〉，火焰之刃在空中飛舞。試圖朝琴里發射光線的〈滅絕天使〉的「羽毛」被火焰燃燒墜落。

不過，一支「羽毛」逃過火焰攻擊，它發射出來的光線灼燒琴里的側腹部。

「唔……！」

琴里儘管痛苦得皺起臉，還是扭轉身體，擊落那支「羽毛」。

她感受著受傷的側腹部與破裂的靈裝隨著灼熱感慢慢再生，凶狠地瞪視折紙。

——敵人是以一擋百、萬夫莫敵的光之精靈。

不過，琴里絕不退縮。因為——

「……我絕不允許——有人想放著妹妹不管，向哥哥告白～～～～～～！」

琴里大喊後，雙手高舉〈灼爛殲鬼〉瞄準折紙，朝空中一蹬。

無數的〈滅絕天使〉立刻將其前端朝向琴里，但琴里不予理會，勇往直前。若是繼續演變成消耗戰，恐怕會是琴里先耗盡力量。既然如此，必須趁現在還有保存用來再生的靈力時，給予折紙一記重擊——

——然而，就在那一瞬間。

「什麼……！」

胸口產生出乎意料的觸感，琴里發出慌亂不已的聲音。

一時之間，還以為是被〈滅絕天使〉從死角擊中——然而，並非如此。放眼望去，才發現是虛空中開啟一個「洞孔」，從中出現如鑰匙的物體，刺進琴里的胸口。

沒有疼痛的感覺。不過，當腦袋認知這個事實的瞬間，琴里痛恨自己的疏忽大意。是六喰的〈封解主〉。由於注意力放在折紙身上，直到被攻擊之前都沒有發現。

「唔——」

要是鑰匙直接轉動，「封鎖」她的力量，那一瞬間就決定她敗北。琴里扭動身體，試圖想辦法逃離〈封解主〉。然而，為時已晚——！

不過——

「——【放】(Shifururu)。」

「洞孔」的另一頭微微傳來的聲音，與琴里預想的不同。

「咦……？」

下一瞬間，琴里感覺身體充滿了力量——〈滅絕天使〉的動作看得比剛才還要清楚。琴里閃避掉所有〈滅絕天使〉發射出的光線後，一個轉身往後方逃離。

「這是……」

——不會有錯。是解放對象隱藏的力量的【放】，而非【閉】(Seguva)。琴里在與威斯考特交戰時，也曾被施展過一次這樣的能力。

「——！」

當琴里視線落在自己的掌心時，前方傳來折紙的嘆息。

循聲望去，折紙的身體也跟琴里剛才一樣，被〈封解主〉的前端刺入。

而且也跟琴里一樣——當鑰匙轉動的瞬間，折紙的身體散發出的靈力一口氣上漲。

「……六喰。」

折紙疑悶地皺起眉頭，朝虛空詢問。

於是，彷彿回應她的聲音，一個比剛才還要大的「洞孔」打開，六喰從中現身。

她身上穿的靈裝並非平時的服裝，而是利用【放】解放本來的力量，宛如武將勇猛的姿態。她手握的〈封解主〉也從錫杖變成戰戟的形狀。

「唔嗯。打擾了。妾身先為自己唐突的失禮舉動道歉——妾身心想即使自己出言要以【放】來幫妳解放力量，妳亦不會相信妾身吧。」

「妳到底是什麼意思？」

折紙說完，六喰大大地點了點頭。

「——無須多言，自然是因為即使從旁打敗因戰鬥而精疲力盡之爾等，妾身勢必亦無法滿足。這下子，所有人便是不折不扣充滿全力的狀態——來，儘管放馬過來吧。兩人同時攻過來亦無妨。」

說完，六喰露出狂妄的微笑，舉起〈封解主〉。

「…………」

折紙似乎立刻判斷出狀況，儘管眉毛微微抽動了，還是展開〈滅絕天使〉打算對付琴里與六喰兩人。

琴里吐了一口長氣後，將〈灼爛殲鬼〉的斧刃纏繞全身——並且咆哮道：

「——好啊。我就讓妳們兩人見識我這個妹妹的力量。」

◇

「〈贗造魔女〉——！」

七罪發出如裂帛般的吶喊，並且舉起〈贗造魔女〉，施展【千變萬化鏡】改變它的模樣。〈贗造魔女〉散發出光芒，將它的輪廓變成巨大的戰斧——〈灼爛殲鬼〉。琴里所擁有的火焰天使搖曳著它的斧刃，襲向四糸乃所驅使的〈冰結傀儡〉。

「『四糸奈』！」

「收到～～！」

四糸乃操縱〈冰結傀儡〉後，產生冰牆。〈灼爛殲鬼〉的斧刃將冰牆砍到一半，以火焰融化，依然攻擊不到四糸乃。夕弦是以迅速來閃避七罪的所有攻擊，但四糸乃卻是從剛才就以厚重的冰牆阻擋住七罪所有的攻擊。

若是由本來的主人琴里操縱真正的〈灼爛殲鬼〉就另當別論，但七罪只能做到這種地步。再怎麼方便，冒牌貨就是冒牌貨——真是個澈底適合自己的天使呢。七罪在戰鬥中突然有些自嘲地笑了笑。

「不過……冒牌貨也有冒牌貨的戰鬥方式……！」

七罪高聲吶喊後，高舉手握的戰斧。

於是，〈贗造魔女〉再次釋放光芒——這次它的外型改變成巨大的兔子玩偶。

沒錯。是四糸乃驅使的〈冰結傀儡〉，直接一模一樣地拷貝過來。

「咦……！」

「呀~~！是四糸奈生離的雙胞胎！」

四糸乃和「四糸奈」似乎大驚一吃，大聲發出這樣的聲音。

「炸裂吧，〈冰結傀儡〉！」

七罪操縱冒牌〈冰結傀儡〉，發射無數顆巨大冰彈。

「唔——」

四糸乃產生新的冰牆，抵擋冰彈。不過令人驚訝的是，產生冰牆的時機慢了一步，巨大的冰塊互相撞擊，迸裂，閃閃發光的冰粒四散。

一瞬間，僅僅一瞬間，保護四糸乃的冰牆全部粉碎。

而這些許的破綻——正是七罪開拓出來的致勝良機。

「〈颶風騎士〉——【天際疾馳者(El Kanaph)】！」

〈贗造魔女〉隨著吶喊聲，再次變化它的姿態。

——形狀如羽翼的巨弓。弓箭是能刺穿一切的長矛；弓弦是能束縛一切的鎖鏈。

八舞姊妹的〈颶風騎士〉，是兩人各自持有的天使合體的姿態。

「喔喔喔喔喔喔喔喔喔喔喔——！」

七罪高聲吶喊，注入全身的力量拉開弓弦——

瞄準〈冰結傀儡〉的額頭，發射弓箭。

——瞬間。

以弓箭的前端為起點，颳起強烈的暴風，吹飛了生長在附近的樹木和位於附近的休息處，順帶也吹飛了昏倒的美九。

捲起螺旋狀漩渦的靈力之風橫掃一切，並且朝四糸乃與〈冰結傀儡〉前進。就算是四糸乃，現在產生冰牆也無法澈底抵擋住吧。

不過——

「…………！」

在暴風漩渦中瞇起眼睛的七罪不禁屏住呼吸。

這也難怪。因為當她心想〈颶風騎士〉必殺的弓箭就要射中目標的瞬間，〈冰結傀儡〉突然消失了蹤影。

「什麼——」

在都還算不上轉瞬的一剎那後，七罪領悟到了。

〈冰結傀儡〉並不是消失了蹤影——

而是將她的姿態濃縮到極限。

「〈冰結傀儡〉——【凍鎧（Siryon）】……！」

身穿白銀鎧甲的四糸乃犧牲裝甲的一部分，閃開〈颶風騎士〉的一擊，逼近七罪。

「唔……！」

即使七罪連忙想發動〈贗造魔女〉——

「——啊啊啊！」

她的靈裝仍被四糸乃施展出的暴風雪漩渦完全剝奪。

——十名精靈，剩下五名。

「……呼……！呼……！」

四糸乃激烈地喘著氣，直接無力地跪倒在地。

武裝全身的銀白色鎧甲——【凍鎧】的左側頭部與左肩的裝甲迸裂。其實四糸乃很想再次形成鎧甲，但她的靈力也已接近極限，難以實行。真的是——千鈞一髮的對決。

「呀～～！四糸奈的耳朵～～！」

「抱、抱歉，四糸奈……我待會兒會幫妳修補……」

【凍鎧】是壓縮〈冰結傀儡〉，武裝全身，攻防一體的形態。換句話說，「四糸奈」的意識目前是蘊藏在鎧甲上。本體兔子手偶雖在四糸乃的懷中，但「四糸奈」的感覺就像是失去一半的頭部和肩膀吧。四糸乃撫摸著原本是兔子左耳的部分說道。

「啊——」

就在這時，四糸乃像是想起什麼事情似的抬起頭，走向仰躺在地的七罪。

「妳、妳沒事吧，七罪？」

「……啊，嗯嗯……除了全身疼痛跟累得要死，還有冷得要命以外都沒事……」

七罪氣若游絲地說道，「哈啾～～！」打了一個噴嚏。

「究竟這樣算沒事嗎？」

「四糸奈」冷靜地吐槽後，七罪無力地笑著揮了揮手。

「……我真的沒事啦。不知道是因為把靈力用光了……還是跟四糸乃全力一戰──」

七罪「嘿嘿！」地笑著繼續說：

「感覺……好痛快啊……」

「七罪……」

四糸乃臉上浮現柔和的笑容，握住七罪微微顫抖的手。

於是──

「──啊啊，啊啊，多麼美麗的光景啊。拚死一戰的對手互相讚美對方奮鬥的態度，真是洗滌心靈啊。」

下一瞬間，後方傳來這樣的聲音，四糸乃抖了一下。

「……！」

「狂三……」

四糸乃呼喚其名後，一道影子盤踞在地面，一名少女從中現身──是時崎狂三。這場勝負的發起人，人稱最邪惡精靈的少女。

看見她的身影，七罪輕輕咂了嘴。

「……妳出現的時機可真巧呢。是在等我們分出高下，好打倒消耗靈力的勝者，坐收漁翁之利嗎……？真是……壞心眼呢。」

「哎呀、哎呀，竟然這樣誤解我，我真是太難過了。」

說完，狂三做出用手拭淚的動作——不過在她一滴眼淚都沒流，臉龐甚至染上開心的笑容時，連假哭都算不上就是了。

「無論理由或過程如何，重點是現在。美九與七罪靈力耗盡遭到淘汰，而四糸乃與我站在現場——如此一來，該做的只有一件事不是嗎？我也有堆積如山的心情想向士道表達。」

狂三勾起嘴角說道。四糸乃站起來，全身武裝的【凍鎧】因此嘎吱作響。

「……四糸奈。」

「嗯。只能硬著頭皮上了——狂三，不好意思，向士道告白的權利四糸乃要定了！」

「四糸奈」以毫不放棄的聲音說道。平常四糸乃聽到這種話會感到難為情——但此時此刻她卻用力頷首表示贊同。

四糸乃體內殘留的靈力不多，身上的【凍鎧】呈現半毀狀態。

反觀狂三的靈裝則是毫髮無傷。戰力差距一目了然。

不過——

「……我不會輸。要向士道表達心意的，是我。」

儘管如此，總不能在此刻退縮。若是不戰而降，怎麼有臉面對全力以赴與自己一戰的美九和七罪？四糸乃吐了一口長氣後，像是要將自己的身體化為子彈似的用力往前傾。

「真是鬥志高昂啊——來吧，來吧，那就開始吧。全力放馬過來吧，對手是虛弱的我，根據四糸乃的努力，搞不好會贏喲。」

狂三挑釁般招了招手說道。

「……啊啊啊啊啊啊啊啊啊啊啊啊啊啊——！」

四糸乃全身纏繞著冷氣，衝向狂三。

——十名精靈，剩下四名。

◇

天空呈現混戰的狀態。

——折紙、琴里和六喰。擁有強大力量的三名精靈，三足鼎立，使出渾身解數全力奮戰。光線在空中飛舞，烈火熊熊，空間突然開啟「洞孔」。各自擁有的能一擊決勝負的天使所施展出的能力，亂七八糟地縱橫交錯。

「————」

折紙在稍有鬆懈便可能立刻受到致命傷的緊張感中，冷靜地分析狀況。

不知是否因為被六喰的【放】解放出潛在能力，感覺思考比平常清晰許多，混戰中兩人的動作也看得比平常還要清楚。

戰況——可說是旗鼓相當。在攻擊次數方面，擁有〈滅絕天使〉的折紙略勝一籌；在肉搏戰方面，琴里占上風，何況她還有火焰再生能力，馬馬虎虎的攻擊甚至無法傷害她一絲一毫吧。

話雖如此，若像剛才那樣用〈滅絕天使〉進行全面攻擊直到琴里靈力見底也行不通。因為如今這個戰場有擁有鑰匙天使〈封解主〉的六喰存在。她能在空間打開「洞孔」，連結兩處喜歡的場所。換句話說，也表示有可能將對方的攻擊直接全數奉還。只是，胡亂放射光線，有可能被自己的天使誤傷。

不過維持抗衡狀態根本分不出勝負。折紙下定決心後，深深吸了一口氣，集中意識。

「——〈滅絕天使〉！」

然後呼喚天使之名——空中顯現出不同於飛舞在空中的新「羽毛」。

總數高達一百。這個作戰使用了折紙體內殘存的絕大部分靈力，簡直是豁出去了。

「什麼……！」

「——唔嗯。」

大概是察覺到折紙是來一決高下的，琴里和六喰表情透露著緊張。

折紙慢慢將手舉向天空，發出聲音向無數的「羽毛」下令：

「擊潰吧，【光劍(Kadour)】！」

一百根羽毛遵從折紙的命令，留下光之軌跡的同時飛舞於空中。

多於平常好幾倍的〈滅絕天使〉從四面八方朝琴里和六喰放射光線。琴里轉身避開或是用〈灼爛殲鬼〉擋下，奔馳在空中，企圖逃離包圍網。

六喰也做出類似的行動，不過她另外以〈封解主〉在空間開啟「洞孔」，將〈滅絕天使〉的光線奉還給折紙。從虛空中開啟的「洞孔」發射出來的光線有的貫穿折紙的靈裝，有的則是掠過她的雙腳。

「唔──！」

不過，折紙並沒有避開。她不想浪費靈力讓身體化為光，閃避攻擊──況且，六喰的反擊在她的預料之內。正因如此，「才故意控制輸出的靈力，好讓身體能承受數發奉還自己的攻擊」。

沒錯，折紙真正的目的並非齊發攻擊。用【光劍】攻擊，終究只是為了吸引琴里與六喰的注意力，製造出破綻的幌子罷了。

「──就是現在。」

當琴里揮下〈灼爛殲鬼〉的時機和六喰把〈封解主〉從虛空中拔出的時機一致時，她們使用完天使的那一瞬間，折紙以敏銳的意識看穿這個時機，將從「羽毛」發射出的光線組合成網狀，阻擋住她們的退路。

「咦……！」

「這是——！」

察覺異狀的琴里和六喰張口結舌。

然而——為時已晚。折紙將高舉的雙手一口氣揮下。

「——【砲冠(Artelif)】！」

瞬間，早已在琴里和六喰的頭上集結成冠狀的「羽毛」群回應折紙的聲音，各自發射出極大的光線。

這才是折紙的殺手鐧。

無數的【光劍】也是為了掩飾兩頂【砲冠】的偽裝。

「…………！」

「——！」

琴里與六喰留下無聲的哀號——被光吞噬。

儘管兩人解放了力量，但受到【砲冠】的直接攻擊，不可能平安無事。折紙確定自己獲勝，還是不敢大意地繼續釋放靈力。

然而——

「……〈灼爛……殲鬼〉——【砲(Megiddo)】……！」

在皓皓閃耀的靈力奔流中，只見一道影子微微蠢動，下一瞬間，深紅火焰朝折紙筆直奔來。

「────！」

折紙在千鈞一髮之際將身體向後仰。灼熱的火焰通過折紙上一秒腦袋的位置。熱氣濃密得若是沒穿上靈裝，就算不直接觸碰，身體也會起火。熱氣灼燒著皮膚，四散在空中。

「……真……可惜……」

琴里單手安裝著化為砲門的〈灼爛殲鬼〉，懊悔一笑後只留下這句話，便搖搖晃晃地朝地面墜落──身上的靈裝和天使化為美麗的光粒。

驚人的耐力與執著，令折紙不得不對她懷抱著崇敬的心態。承受〈滅絕天使〉竭盡全力的一擊，竟然還有餘力反擊。

「……！」

不過，事情並非就此結束。折紙感受到新的氣息，立刻在空中扭轉身體。由於為了閃避琴里的【砲】而改變姿勢，動作慢了一下。然而──

「──妾身──絕不把郎君交給任何人……！」

面對六喰，這一瞬間就足以致命。

六喰身穿破爛不堪的靈裝，從虛空中出現，扔出龜裂的天使。

〈封解主〉化為戟的刃，擒住折紙的靈裝。瞬間，六喰轉動著〈封解主〉，高聲吶喊：

「〈封解主〉——【解】！」

折紙的靈裝——以〈封解主〉的前端為起點，分解成粉末。

「————」

折紙以一絲不掛的姿態飄浮在空中，一股意識好似被拉遠的感覺朝她襲來。

「——啊啊啊啊啊——！」

——渾身激動不已。

六喰握住受損得就快要瓦解的〈封解主〉的握柄，熱淚盈眶發出勝利的吶喊。

眼下是失去天使向下墜落的琴里；眼前是暈過去的折紙。

兩人都是令人不禁顫抖的強敵。實際上，六喰也已經接近極限。雖然勉強維持住靈裝和天使，但由於使用大量靈力防守〈滅絕天使〉的一擊，一旦瓦解就難以再次顯現吧。

不過——勝利的是六喰。在這片天空到最後都沒倒下的，是六喰。

話雖如此，還不能盡情歡喜。六喰的確在大混戰的最後擊敗了琴里和折紙兩名強大的對手，但自然公園裡頭或許還有其他精靈。

既然如此，就還沒有結束。先暫時讓身體休息，掌握狀況——

就在這時——

「——！」

六喰緊張得屏住呼吸。

因為有刺人般的殺氣籠罩住六喰的全身。

她立刻便知道了理由。因為照理說應該隨著折紙意識一同消失的無數〈滅絕天使〉，竟然在不知不覺間飄浮在六喰的周圍。

「什麼……！」

面對意想不到的事態，六喰瞪大雙眼——莫非被【解】粉碎靈裝後，折紙並未陷入無法戰鬥的狀態——？

就在這時，六喰發現包圍自己的無數「羽毛」的樣貌與〈滅絕天使〉的「羽毛」有著微妙的差異。

宛如濃縮黑暗的漆黑「羽毛」。

六喰曾經見過它們。

沒錯，那是——

「——『不好意思，六喰』。」

下方傳來這樣的聲音，打斷六喰的思緒。

循聲望去，便看見應該失去意識的折紙輕輕飄浮在那裡。

——折紙緩緩抬起頭。

她的眼瞳散發出保有意志的光芒，卻不同於平常的折紙。

「可是我——也不能輸。因為我——喜歡五河同學。」

「……！妳是——」

六喰受到漆黑「羽毛」的集中砲擊，同時失去靈裝與意識。

——十名精靈，剩下兩名。

「……！啊——」

折紙吐出一口短氣，恢復了意識。

「——！」

恍惚了一下。折紙瞬間繃緊身體，掌握自己現在處於何種狀況。

——她正從天空墜落。理解到這一點的同時，折紙集中意識，讓身體飄浮起來。

緊接著望向自己的身體。身上並沒有覆蓋靈裝——但能感受到體內殘存些許靈力。要不然，甚至無法在空中飛翔吧。

「呼——」

她吐了一口短氣，顯現出靈力和靈裝——雖然比限定靈裝還不如，但姑且在身上覆蓋住一層如薄絹般的靈力。

靈力快接近極限。快要接近——但還不到極限。折紙因這奇妙的感覺而皺起眉頭。

她應該已經把靈力耗盡了。雖說是不完全的狀態，然而她萬萬沒想到還能再次展開靈裝，宛如有人將靈力分給她的感覺。

周圍不見琴里和六喰的身影。她記得自己打敗琴里，不過下一瞬間，六喰應該逼近了自己。

可是，這究竟——

「——！」

就在這時，折紙在地上發現某樣東西，當場向下俯衝。

然後輕輕降落在地面——走向倒地的少女。

「——六喰。」

沒錯。倒在那裡的正是失去靈裝，靜靜發出鼻息的六喰。

折紙感到困惑。這狀況怎麼看都是折紙打敗了六喰。不過，她並沒有那一瞬間的記憶。因為那一瞬間，她完全失去了意識。莫非是身體在忘我的狀態下進行反擊嗎——？

「…………」

不過，折紙沒有再想下去。她並非放棄思考，只是判斷現在還不是煩惱的時候。

無論過程如何，如今倒地的是六喰而非折紙。那麼身為勝者，必須準備下一場戰鬥。

雖說擊退了琴里和六喰這兩名實力堅強的精靈，但折紙也受到了相應的損傷。不知道現在還剩下誰——

就在這時——

「——！」

折紙猛然回頭望向後方。

她感覺後方傳來微微的聲響。

下一瞬間，聲音的主人大概是從折紙的反應判斷自己被發現了，便以驚人的速度朝地面一蹬，衝向折紙。

「——〈滅絕天使〉……！」

折紙集中意識，顯現天使。雖然只出現一根「羽毛」，但對如今的折紙而言已算是走運了。她瞄準目標，發射光線。

然而，神祕的襲擊者如子彈般旋轉身體後，錯開〈滅絕天使〉的光線，直接衝到折紙懷裡。

「什麼——」

折紙在被瞬間壓縮的意識中動腦思考。

——究竟是誰？

先前造成威脅的琴里和六喰已經不在，但那顯然不是七罪、二亞、美九的速度。那麼是耶俱矢或夕弦嗎？不，最有可能一路戰勝到現在的，恐怕是狂三——

下一瞬間，折紙的眼睛終於捕捉到襲擊者的身影。

——捕捉到那「傷痕累累的銀白色鎧甲」。

「————『四糸乃』——」

折紙最後留下這句話，意識再次沉入黑暗之中。

——十名精靈，剩下——

斷章／五　Dear

（…………）

是頻繁出現於表層的關係嗎？她開始能透過另一個自己——十香的感官，斷斷續續地感受到世界的事情。

不，不僅如此，也更能清楚地捕捉到先前所感受到的十香的感情動態。

她早已幾乎無暇感到無聊。十香居住的場所、十香就讀的學校、十香享用的餐點、十香享受的日常——這些資訊透過眼、耳，一點一滴地流了進來。

而在這樣的日常生活中，總是位於中心的是那個男人——士道。

吃到美味的食物，十香的心會感到欣喜。

看見美麗的景色，十香的心會覺得幸福。

做開心的事情，十香的心會興奮雀躍。

不過，和士道一起的話，這些感情會變成好幾倍、好幾十倍地傳達給她。

不，不僅如此。看見他的十香，內心會萌生看見其他東西時感受不到的神祕情感。

（這是……）

她也漸漸對讓十香產生這種感情的士道感到好奇。

每當士道印入十香的眼簾，她便會開始追逐他的身影。

而她也漸漸明白。

這是……

這種感情是——

「——怎麼樣啊，天香？從這裡可以將天宮市的街景一覽無遺喔。」

十香爬上長長的階梯，來到高地公園，有些得意地如此說道。

沒錯。這裡是士道一年前與十香初次約會時，最後造訪的公園。沿著臺地延伸而去的階梯頂端，景觀簡直堪稱絕景。雖然來到這裡的過程有些艱辛，但這個景點絕對辛苦得有價值。

不過，天香環顧四周後，像是發現什麼事情似的動了動雙脣：

「唔嗯……喔喔，是這裡啊。記得在妳的體內看過——」

「唔，是這樣啊……」

聽見天香說的話，十香垂頭喪氣。於是，天香立刻搖頭否定：

「不，是我多心了。我第一次來，帶我繞繞吧。」

「！喔喔，是嗎！」

十香露出開朗的表情。天香見狀，輕聲嘆息。

「……哈哈。」

那聲嘆息包含的並非嫌麻煩或是厭煩，而是近似安心的情緒，令士道不禁莞爾一笑。

士道的確完全不清楚天香的目的，有時依然會認為她是個不可輕忽的對象。但是像這樣一起度過時光，總覺得十香和天香看起來就像忍不住介紹自己寶物的妹妹與超級疼愛妹妹的姊姊。

不，實際上十香本身就是那種感覺吧。穿過櫻花道後，十香帶著士道與天香到各式各樣的地方閒逛──但那些地方全是她與士道和其他精靈去過的餐廳或遊樂場。

肯定非常想讓另一個自己──天香見識吧。

──自己在這個世界得知的樂事；與大家一起度過的幸福時光。

正當士道感慨萬千地瞇起眼睛時，十香像是想起什麼事情似的捶了一下手心。

「對了，觀賞這片景色一邊吃霜淇淋又是一絕……等我一下，我去下面的商店買來！」

「咦？那我也──」

「不用！你們兩人去長椅上坐著等我！」

十香張開掌心打斷士道後，立刻以迅雷不及掩耳的速度衝下剛才爬上來的階梯……看來十香一個人去，的確比士道一起幫忙來得快多了。

「…………」

「…………」

不過，這下子又產生了另一個新的問題。在十香不在場的公園與天香單獨相處的士道臉頰流下汗水，沉默不語。

透過今天的約會，士道真的對天香的印象有改變。不過，那終究只限於她和十香在一起的時候，她對士道的態度從頭到尾都保持一致。

話雖如此，總不能繼續沉默下去吧。說到底，今天本來就打算和天香約會，若是無法打開她的心房，恐怕不可能封印她的靈力。

如此一想，這段時間搞不好是十香刻意要讓自己和她獨處的——士道決心如此認定，用力握緊拳頭鼓起幹勁。

「總、總之……我們先坐下吧。」

「……嗯。」

天香簡短回答後，坐在朝向公園外側的長椅上。

想不到天香如此坦率地回應自己——但這肯定只是聽從十香留下的那句話吧。接下來才是關鍵。士道坐在天香的旁邊，說道：

「我說——妳覺得今天怎麼樣？」

「…………」

「我玩得很開心喔，十香好像也很樂在其中的樣子。有哪個地方是妳喜歡的嗎？」

「…………」

「比如說櫻花道或是遊樂場之類的。還、還有，櫻餅也很好吃對吧。」

「…………」

儘管士道婉轉地提出話題，天香也只是一語不發地凝視著街景。

「唔唔唔……」

士道立刻就要內心受挫，不過，怎麼可以在這裡放棄？他拚命絞盡腦汁思考有沒有什麼話題能夠引起天香的興趣。

「啊，對了，天香，那個——」

「——為何會演變至此？」

天香突然吐出這句話打斷士道。

「咦……？妳、妳是指什麼？」

「今天一整天——為何十香會讓我顯現成形？為何帶我跟你們一起約會？與你一同度過時光，不是十香心之所願嗎？」

「這個嘛——」

士道在這時止住話語。

他並非不知道如何回答。十香邀請天香約會，肯定是想和天香一起享受約會，只是想讓另一個自己見識自己所知道的美妙事物吧。

不過，有一點令士道很在意。
那就是天香說的話——她為什麼要說出這種話？
天香此時此刻可說是神一般的存在。正因如此，士道才覺得奇怪，對她那句彷彿被十香耍得團團轉——不，是宛如以十香為主的話感到奇怪。
「天香，妳——」
所以，士道半下意識地提出那個疑問。
提出早已問過一次的問題——那成為所有疑問的起點的問題。
「——為什麼要創造這個世界？」
「…………」
聽見士道說的話，天香眉毛抽動了一下。
士道見狀，瞬間心想「慘了」。不過，既然說出口，也難以收回。而且，這是遲早必須提出的問題。
天香沉默片刻後冷哼了一聲，抬起下巴俯看士道。
「我應該說過，只是覺得將世界掌握在手也不錯——」
「——騙人。」
「…………」

士道筆直地凝視著天香的眼睛說道，天香便皺起臉，輕聲咂了嘴。

「人類，你倒是說得挺有自信的嘛。渴求力量何需理由？我為何有必要說謊？」

「這個嘛——我不知道。不過，我實在不認為妳會因為那種理由做出這種行為。」

「笑話。你這傢伙又了解我什麼了？」

「——我了解。至少明白妳很喜歡十香、爭強好勝，還有——其實很溫柔這點事。」

「你這傢伙。」

士道說完的同時，天香氣憤地吐了一口氣，從長椅上站起來。瞬間，她的身體發出無形的衝擊，彷彿表現出她的不耐煩，壓扁了長椅，地面塌陷，彈飛位於附近的柵欄。士道也不例外，當場被震飛。

「唔……！」

即使士道滾到地上，還是立刻站起來面對天香。天香見狀，一臉不悅地瞇起一隻眼睛看向士道。

「我不再容許你的傲慢與愚弄。給我跪下，我要取下你的首級。」

說完，天香舉起右手。於是，漆黑的光芒聚集在她的右手，形成一把巨劍——〈暴虐公〉。

那是天香所擁有的劍之魔王。

「唔……！」

那不祥的靈力令士道不禁皺起眉頭。
經過今天一整天，士道認為天香其實從未真心想要殺害自己。然而，她現在散發出來的氣息無疑是明確的殺意。
是士道判斷錯誤嗎？還是他說了什麼話讓天香改變心意？雖不知是哪個原因，但這樣下去有可能真的會被殺掉。士道露出銳利的眼神，集中意識，發出聲音：
「——〈鏖殺公〉！」
與〈暴虐公〉成對的劍之天使回應他的呼喚，顯現姿態。士道握住劍柄，緊張得流下汗水，擺出作戰姿勢。
「〈鏖殺公〉啊。竟然選它來跟我交手，膽子不小嘛。」
天香冷眼如此說道，舉起〈暴虐公〉瞬間逼近士道。
「唔……！」
士道在千鈞一髮之際擋下朝他筆直揮下的劍擊。天使與魔王的靈力互相碰撞，朝四周發射強大的衝擊波。
「哦，擋下了啊。不過，憑你的程度，能撐到何時還不一定呢。」
「唔——啊啊啊啊啊！」
士道無視整個身體發出的哀號，全身使勁，彈開〈暴虐公〉後，直接舉起〈鏖殺公〉。

當然，士道並不認為這一擊會對天香造成傷害。不是會被輕而易舉地接住，就是會被閃過吧。不過，士道總不能永遠承受天香的攻擊，只好主動進攻了。

然而——

「……！」

士道屏住呼吸。

因為在他舉起〈鏖殺公〉的瞬間，天香雙手放鬆，放下〈暴虐公〉。

宛如——要接受士道的攻擊一樣。

「——」

士道連忙試圖移開劍尖。不過，〈鏖殺公〉一旦揮下，便極難改變它的軌跡。劍之天使的一擊朝毫無防備的天香斜斬而去——

「——士道！」

不過，就在那一瞬間。

傳來這樣的吶喊聲，士道突然受到來自右方的衝撞，順勢被推倒在地。

「好痛啊……十、十香？」

士道對突如其來的狀況大吃一驚，呼喊像要摟住自己般衝撞過來的少女之名。想必是急紅了眼，疑似原本拿在她手上的霜淇淋散落一地。

「士道，我不知道發生了什麼事，但你冷靜一點。天香並不是邪惡的精靈，她之所以創造這個世界——」

「十香。」

天香出聲制止十香。不過，十香不予理會，繼續說：

「——『她之所以創造這個世界，全是為了我』。」

◇

「——唉，真是滿目瘡痍呢。」

真那身穿CR-Unit〈Vánargandr〉靜止在空中，看著擴展在眼下的光景，嘆息道。

不過，這也是理所當然的事。畢竟真那的視野當中是一大片規模宏大的破壞痕跡，還以為遭到一百年份的天災地變呢。

樹木橫倒，地面凹下窟窿，修整平坦的運動場和廣場早已面目全非。若是拍下照片讓不知情的人看了，大概會評價是「怪獸電影」、「播種前的田地」、「巧克力麥片」吧。這慘狀實在令人想不到數小時前還是綠意盎然的自然公園。

「只要能封印十香的力量，整個世界就能恢復原狀……不過還是令人吃驚啊。」

真那重新體認到精靈這種存在的強大與恐怖，再次嘆了一口氣。

不過，該說是那場激戰的成果嗎？周圍充滿連真那也感受得到的濃密靈力殘渣。

「……喔，對了、對了。」

就在這時，真那像是想起什麼事情似的挑了一下眉。

雖然暫時看精靈們大肆胡鬧後的景色看得出神，但真那之所以來到自然公園的上空，是有其他目的。

沒錯，那就是搜尋耗盡靈力的精靈。

收到戰鬥結束的報告後，真那與〈拉塔托斯克〉的機構人員合作，將精靈們帶到安全的場所保護……不過還有幾名精靈尚未找到。

真那在腦內下達指令，發動搭載在〈Vánargandr〉的顯現裝置。於是，附近一帶的地圖便投影到真那的視網膜上……不過因為與原本的地形大相逕庭，只能對應大致的座標。

真那苦笑後，投影地圖上顯示出表示活體反應的圖示。

「——喔，有了、有了。」

真那在空中改變身體的方向後，驅動推進器，筆直朝顯示圖示的場所下降。

然後在快抵達地上時扭動身體，降落地面。降落的風壓吹得四周殘留的樹葉沙沙搖曳。

「好了——」

她一邊說一邊走近位於那裡的精靈身邊——〈拉塔托斯克〉司令官五河琴里以失去靈裝的不雅姿態躺在落葉上。

「琴里、琴里，妳還好嗎？」

真那搖晃琴里的肩膀後，琴里便發出輕聲呻吟，慢慢張開眼睛。

「嗯……真、那……？」

「是我。辛苦了。」

真那莞爾一笑說道，琴里環顧四周，俯看自己的模樣。

然後——立刻坐起來，用雙手遮住身體。

「真、真那，妳到底對我做了什麼……！」

「請給我冷靜一點，琴里。妳睡糊塗了。」

「咦？啊……」

大概是被這麼一說而回想起狀況了，只見琴里再次看看自己的模樣後嘆了一大口氣。

「啊啊——對喔，我輸了。」

「很遺憾，似乎是這樣。」

真那一邊說一邊從手上拿著的包包拿出一套衣服，遞給琴里。

「請穿。雖說天氣變暖了，但一直光著身體還是會感冒的。」

「嗯……謝謝。」

「不客氣。話說，妳站得起來嗎？大家都找到了——啊啊，當然只有女性機構人員進行搜索，請放心。」

「真是周到呢。」

琴里如此說完笑了笑，穿上衣服，吐了一口氣並詢問：

「——對了，結果最後戰勝的是誰？折紙？還是六喰？不，也有可能是不在場的精靈。這樣的話……是狂三嗎？」

琴里露出有些不安的神情說道。真那低垂雙眼，慢慢搖了搖頭。

「據說勝者是——四糸乃。」

「——咦？」

聽見真那說的話，琴里大感意外地瞪大雙眼。

「四糸乃？妳說的四糸乃……是那個四糸乃嗎？」

「是的。不過我也只是聽到結果而已，如果除了我認識的四糸乃以外還有其他四糸乃，可能是那個人吧。」

真那開玩笑地回答後，琴里便一臉吃驚地盤起胳膊。

話雖如此，真那也不是不明白她的心情。實際上，真那剛才從瑪莉亞口中聽到戰鬥結果時，也表現出類似的反應。

並不是說四糸乃實力不如其他精靈堅強。她擁有的天使〈冰結傀儡〉能操縱水和冷氣，力量非常強大，根據戰鬥方式，的確也有可能獲勝。

不過，從四糸乃不愛爭鬥的溫厚個性與平常溫和的舉止來看，無法把她與優勝二字連結在一起也是不爭的事實。

「這樣啊……是四糸乃獲勝了啊。」

「是啊。瑪莉亞也大吃一驚。」

真那大大地點了點頭後，聳起肩膀。說個題外話，由於二亞半途被打敗，位於〈佛拉克西納斯〉的瑪莉亞個體也跟著消失，瑪莉亞從艦橋的擴音器發牢騷抱怨，據說暫時不給二亞點心和下酒菜了。

「來，往這邊。」

「好……」

真那牽起琴里的手把她拉起來後，直接用隨意領域包裹住她，飛向空中。

低空飛翔約一分鐘，抵達同樣受到保護的其他精靈身邊。周圍還能看見〈拉塔托斯克〉的女性機構人員們的身影，目前正在分配換穿衣物、鞋子還有熱飲給大家的樣子。

「啊！真那、琴里～～！這邊、這邊～～！」

美九發現真那與琴里接近後，大大地揮動手臂。感覺她的左手好像抓住了疑似七罪的物體，但真那決定先不理會，再次降落到地上。

「嗨，各位，妳們好嗎？」

琴里走向大家身邊，莞爾一笑。於是，其他精靈有的聳肩，有的則是以笑容回應她。

「馬馬虎虎吧。無法戰勝到最後實屬遺憾。」

「首肯。能拿出真本事互相交戰，心情實在非常暢快。」

「可惡～～！這樣果然不公平啦～～！下次用考試來決勝負啦，妹妹～～！」

儘管也有一部分像二亞這樣不甘心的精靈，但大致上所有人都表現出一副竭盡全力後神清氣爽的神情。琴里輕聲嘆息，望向四糸乃。

「我聽說結果了——恭喜妳，四糸乃。」

「啊——」

聽見琴里說的話，四糸乃身體微微顫抖，誠惶誠恐地縮起肩膀。

「謝謝……妳。可是……」

「勝者的態度要更堂堂正正才行喲，四糸乃。拿出自信，妳打敗其他精靈，獲得勝利了。」

真那說完，四糸乃一臉困惑地皺起眉頭。

「那個……真的——可以算我贏嗎？」
「咦？」
「……四糸乃！」
就在這時，似乎逃離美九魔掌的七罪大喊。
「七、七罪……」
「……妳還在說這種話嗎？有什麼關係，贏了就是贏了。那傢伙也這麼說吧。」
「是、是……」
被七罪這麼一說，四糸乃猶豫不決地點了點頭。聽見兩人的對話，真那歪過頭表示疑惑。
「那傢伙——是指？到底發生了什麼事？」
「這個嘛……」
就在四糸乃說到一半時——
「——嘻嘻嘻，嘻嘻。」
從某處傳來不祥的笑聲。
「……！時崎狂三——」
真那警戒地呼喚其名後，一道影子盤踞地面，身穿黑紅色洋裝的狂三從中現身。
「是的、是的。保護大家辛苦了，真那。」

「妳——」

真那看見狂三的模樣，皺起眉頭。

理由很單純，因為狂三現在還穿著靈裝。

狂三也是這場淘汰賽的參加者，而那場戰爭已經隨著四糸乃的優勝落幕。也就是說，狂三也應該被其中的某人打敗，處於無法顯現靈裝和天使的狀態才正常。

大概是察覺到真那的心思，狂三將嘴脣彎成新月的形狀。

「——請放心，我已經敗北了，沒有要對四糸乃的勝利說三道四的意思。」

「那妳說妳身上那飄逸的服裝是什麼？敗北條件不是耗盡靈力，無法顯現天使和靈裝嗎？」

「是的、是的，妳說的沒錯。而正如妳所見——我被四糸乃打敗，『處於無法顯現書之天使〈囁告篇帙〉和〈神威靈裝・二番〉的狀態』。」

「……妳說什麼？」

狂三說完，真那瞇起眼睛。

聽她這麼一說，她身上穿的是先前——吸收二亞的靈魂結晶之前，哥德蘿莉風的洋裝。

「…………」

根據解讀規則的方式不同，的確也可以這麼判斷。

不過，若是為了獲勝也就罷了，真那無法理解為了戰敗而鑽規則漏洞的這種行為。她一臉不悅地嗤之以鼻。

「……少狡辯了，妳到底在打什麼算盤？」

「呵呵呵，理由非常單純。因為在淘汰戰結束後，我依然有必要保存靈力——去執行我『尚未完成的事』。」

「尚未完成的事？」

「是的、是的。」

真那皺起眉頭問道，狂三便露出猖狂的微笑。

然後從影子中顯現出兩把長度各異的老式手槍，指向真那。

「——我想跟真那妳好好做個了斷。」

說完，狂三加深笑意。面對狂三意想不到的行動，精靈們一陣騷動。

「狂三……！」

「啥……妳在做什麼？」

「不錯，竟然將槍口指向同伴，此為何意？」

精靈們妳一言我一語。不過，狂三依然保持淺淺的微笑，也沒將視線從真那身上移開。

「……既然拔了槍，就別想以開玩笑帶過。」

「哎呀、哎呀。難不成妳本來還想讓我以玩笑帶過嗎？是因為隸屬〈拉塔托斯克〉嗎？妳變得很溫柔——嘛！」

狂三吶喊的同時，扣下扳機。將影子凝固般的漆黑子彈從狂三舉起的長槍與短槍接連射出。

「呼——！」

不過，真那以用隨意領域強化過的視覺與反射速度捕捉到子彈的軌跡後，不慌不忙地壓低身體的重心，閃開攻擊。

「好吧。看了大家的對戰後，我身體癢得很呢。我就在這裡送妳上西天吧！」

真那閃開子彈後，順勢朝地面一蹬，瞬間逼近狂三。展開右手的雷射光刃〈Wolftail〉，朝狂三的脖子橫掃而去。

「嘻嘻——！」

不過，狂三像是早已預料到那一擊，身體大幅度地向後仰，於千鈞一髮之際閃開攻擊。

話雖如此，真那也早已預測到這點小動作。她展開左手的〈Wolffang〉，打算追擊姿勢不穩的狂三——

「什麼……！」

就在這時，真那屏住呼吸。

因為她在施展隨意領域而敏銳到極致的意識中，從自己盤踞在地面的影子隱約看見槍口。

她試圖立刻縮起身子，但為時已晚。下一瞬間發射的子彈發出清脆的聲音，射進她的脖子。

「唔——啊……！」

真那發出悶哼聲，當場頹倒在地。琴里等人急忙奔向她。

「真那！」

「妳、妳沒事吧！」

在精靈們擔憂的聲音中，另一名狂三從地面現身——恐怕是真正的狂三吧。

「呵呵呵。竟然會中這麼簡單的計，真不像妳呢。」

「不過，如果真那拿出真本事，我早就身首分離了呢。假如她真的想殺我，應該會再往前踏一步。」

原本的狂三——分身，撫摸著自己的脖子說道。於是，正牌狂三驚訝得瞪大雙眼。

「——哎呀、哎呀。所以說，真那原本並不打算殺我，而是要讓我無力反擊嗎？妳真的——變得很心軟呢。」

說完，狂三嘆息道。

「……！——」

真那一邊聽著她的聲音，一邊用顫抖的手觸碰自己的喉嚨。

——並不感到疼痛，也沒有——流血。也就是說，並非普通的子彈嘍。那這是什麼子彈？既然時間沒有停止，就代表不是【七之彈（Zayin）】吧。那麼——

「……啊，啊，啊啊啊啊啊啊啊……！」

下一瞬間，真那有種彷彿腦漿被搖晃得一塌糊塗的感覺，強烈的暈眩和嘔吐感如排山倒海般湧來。視野閃爍，針扎似的頭痛與虛脫感侵襲全身。

「真那！真那！狂三……！妳到底對真那做了什麼！」

琴里的怒吼聲在頭部響起，緊接著傳來狂三的笑聲。

「我不是說過嗎？是來做個了斷的──不過，真是沒勁呢。真那竟然不打算殺我。」

「妳到底在說什──」

「──啊啊啊啊啊啊啊啊──！」

真那發出咆哮般的吶喊打斷琴里。

然後，翻攪腦內的感覺終於平息下來。真那滿頭大汗，無力地趴倒在地。

「真那！」

琴里晃動真那的肩膀。真那好不容易調整好呼吸後，搖搖晃晃地抬起頭。

「琴里……」

不過，這時真那覺得不對勁──身體很重，宛如全身被綁著鐵塊，手腳不聽使喚。

思考到這裡，真那改變了想法。難怪自己會有這種感受。實際上真那全身穿著名為CR-Unit的金屬塊，先前之所以能自由活動，無非是因為全身覆蓋著隨意領域。既然如此，狂三的攻擊是妨礙隨意領域形成的子彈嗎——？

「…………，……」

就在這時，真那想到一種可能性，以銳利的視線仰望狂三。

「呵呵呵，悲慘地在地上爬的模樣非常適合妳喲。」

「……心情真是差到極點——偏偏『被妳救了一命』。」

真那勾起嘴角說道，狂三也開懷地露出笑容。

「——哎呀、哎呀，不愧是狼啊。我自以為一個不留地全部拔除掉了，看來還剩下一根狼牙呢。」

真那聽著這語帶戲謔的聲音，失去了意識，無力地垂下頭。

◇

「為了十香——才創造這個世界……？」

士道表情染上困惑之色，來回凝視著整個人壓在自己身上的十香，還有面不改色地佇立原地的天香的臉。

於是，十香坐起身子，開啟雙唇：

「……嗯。在學校的教室讓天香顯現後，天香的意識逐漸流進我的腦海。就像是因為封印而連接路徑時的那種感覺。」

「——————」

士道握住十香伸向自己的手起身，同時嚥了一口口水。

原來如此，士道也很熟悉那種感覺。與精靈親吻封印靈力時，有時會有一部分精靈的記憶和意識流進腦海中。更別說十香和天香是共享一個身體的精靈，兩人同時存在時會發生這類事情也不足為奇。

「……抱歉，士道，我應該早點告訴你才對，可是……」

「不，沒關係……更重要的是，謝謝妳阻止我，十香。要是沒有妳的阻止，我可能就直接砍傷天香了。」

——不過，士道終究不認為天香會因為自己那一擊而死亡就是了。他思考著這種事情，望向天香後，天香便一臉不悅地冷哼一聲。

「多管閒事。我想人類操縱的〈鏖殺公〉，起碼能粉碎這具臨時的身體吧——時間所剩不多，至少最後的短暫時光，我希望妳跟那個人類兩人單獨度過。」

「天香……」

十香悲傷地愁容滿面。

看見兩人的互動，士道眉頭的皺紋刻劃得更深了。

「等一下，我一頭霧水。妳們到底在說些什麼？」

「…………」

「…………」

聽見士道說的話，十香與天香噤口不語。

然而片刻後，十香毅然決然地抬起頭。

「士道，你還記得與澪對戰時的事嗎？你使用【六之彈】之前——所有精靈被殺掉的那個世界的事。」

「！這——」

士道不禁屏住呼吸。那件事當然深深烙印在他的記憶裡——但他萬萬沒想到十香竟然還記得改變前的世界的事。

不過仔細想想，這也是理所當然。現在的十香體內可是吸收了澪的靈魂結晶，那麼即使知道那件事也沒什麼好奇怪的。

「嗯……我記得。那時——是十香妳幫助了差點放棄的我。」

「……嗯。就是這樣沒錯。」

「咦？」

士道反問後，十香便露出有些像在遙想過去的眼神繼續說：

「當時，所有精靈被澪奪走了靈魂結晶，死於〈萬象聖堂〉(Ain Soph Aur)——不過，只有我好不容易在澪的體內恢復了意識，都是多虧當時在場的天香。」

「……哼。」

十香望向天香，天香立刻挪開視線。她的表情依然冷淡，動作看起來也有點像在掩飾害羞。

「我不過是開口向十香說話罷了。十香之所以能在那女人體內清醒，有更根本的理由——你也記得吧，人類。被那女人挖出靈魂結晶的精靈，全都以人類的姿態呈現出屍體，不過唯獨十香甚至沒有留下屍首。」

「嗯——」

十香點頭贊同天香的話，望向士道。

「其他人都是被澪變成精靈，原本是人類。不過只有我——是靈魂結晶萌生出的人格，算是純粹的精靈。」

「…………」

士道一語不發地點了點頭——他早已知道這件事。因為在士道使用【六之彈】將意識送回過去之前，已經聽十香本人親自說明過。

於是，天香吐了一口長氣，接著說：

「所謂的精靈，是指那個女人——崇宮澪，以及接受她靈魂結晶的人。而靈力追根究柢，全都來自於崇宮澪。」

「這又……代表了什麼？」

——怦通。

士道感覺自己的心臟強烈地跳了一下。

「那麼，那女人消失的現在，精靈們會如何？蘊藏在她們體內的靈魂結晶呢？」

——怦通、怦通。

心臟越跳越激烈。

宛如在通知士道危險似的。

就像在告訴士道——別聽下去。

不過，天香無情地宣告真相。

「——『所有精靈的靈力將隨著崇宮澪的逝去而消失』。

一切將恢復原狀，人類復原成人類，而沒有人體這個容器的——將化為虛無。」

「————————————」

一陣天旋地轉侵襲全身的感覺。

心臟響如警鐘，呼吸很淺，逐漸變急促。全身噴發出黏膩的汗水，背部一片淋漓。

——天香剛才說了什麼？

一瞬間還懷疑自己的耳朵或腦袋有毛病。不——那肯定不是疑慮，而是希望吧。構成士道身體的所有細胞想拒絕聽到的資訊。要怎麼做才能否定它？如果是天香隨口開的惡劣玩笑也無所謂，希望她用平常的態度冷淡地嗤之以鼻，告訴自己是騙人的。

士道以宛如生鏽機械的動作望向十香，渴求最後的救贖。

「…………」

然而，十香悲傷的笑容粉碎了最後的希望。

「等……一下。這是……怎樣……」

喉嚨發出沙啞的聲音。

於是，十香的手溫柔地包覆士道顫抖的手。
「如果澪的靈魂結晶消失，我也會消失。所以，領悟到這一點的天香才吸收了澪的靈魂結晶，創造了這個世界。
——為了讓我在一切終結的短暫時間裡，和大家與士道一起度過。」
「…………」
十香說完，天香一語不發地交抱雙臂，撇過頭。
但這份沉默如實地表達出她的溫柔，更勝言語。
「十、香……」
士道在亂七八糟的思考中不知該說什麼才好，只能茫然呼喚她的名字。
「——……」
不過，士道在這時察覺到一件事。
那就是握住他手的十香的手也在微微顫抖。
「————」
瞬間，士道感覺自己混亂得一塌糊塗的腦袋像是被澆了冷水一樣。
大概是因為十香的態度十分冷靜，士道直到剛才都沒有發現這理所當然的事。
突然聽見衝擊不已、絕望無比的消息，頭腦當然會一片混亂，身體會顫抖也是無可奈何的事。不過，最害怕的——肯定是十香自己。

然而十香卻露出溫柔的表情，以冷靜的語調告訴士道真相。

為什麼？——這還用問嗎？為了不讓士道平白感到恐懼；為了不讓有限的時間在悲嘆和慟哭中結束。

所以，士道總不能一直沉浸在這樣的心情之中。他勉強壓抑住心中奔騰的激動情緒，用力回握十香的手。

「！士道——」

「——十香，我……！」

不過，當士道打算向十香表達決心的下一瞬間。

「……！什麼——」

世界宛如脈動般震動了一下。

隨後，天空像是被漂白似的逐漸失去色彩——地平線開始產生裂縫。

這幅光景好似有什麼巨大的東西在擠壓這個世界。目睹這極其異常的現象，士道不禁瞪大雙眼。

「這是……」

「——哼。」

天香打斷士道慌亂的情緒，瞇起眼睛仰望天空。

「都怪你這傢伙拖拖拉拉，結果來了吧。」

「來了……什麼來了啦！」

士道發出變調的聲音詢問後，天香便凝視著天空繼續說：

「——世界末日。」

◇

「……狂三，妳會解釋給我們聽吧？」

琴里從趴倒在地的真那身上抬起視線，納悶地詢問。

不過，狂三沐浴在琴里的目光下，卻只是露出戲謔的笑容，聳了聳肩。

狂三的確開槍射擊了真那，但真那挨了那顆子彈後卻毫髮無傷，雖然失去意識，脈搏依然穩健地在跳動。狂三究竟——

當琴里動腦思考時，從後方過來的折紙蹲下身子觀察真那的狀態，然後打開附在CR-Unit背部的蓋子，微微皺眉。

「這是——」

「怎麼了，折紙？」

琴里詢問後，折紙指著Unit背面亮起的紅燈，接著說：

「〈Vánargandr〉的顯現裝置發生錯誤，無法接收來自傳送裝置的指令。說得更正確一點，就是沒有反應。」

「……！這代表──」

「沒錯。就像不是巫師的普通人穿著Unit的狀態。」

折紙操作位於Unit背部的按鈕後，低垂雙眼，集中意識。

於是下一瞬間，真那的身體發出淡淡光芒，CR-Unit變回緊急著裝隨身裝置。折紙扛起呈現便服姿態的真那，將她放倒在〈拉塔托斯克〉機構人員鋪的毛毯上。

琴里看著這樣的光景，接著望向狂三。

「……狂三，妳該不會……」

「──嘻嘻嘻，嘻嘻。」

狂三聳了聳肩，並且發出戲謔的笑聲。

於是，她手上的槍和身上穿的靈裝，甚至是她的分身都配合她的笑聲化為影子，融化落下。

「是注入我剩下的所有靈力，使出渾身解數的【四之彈（Dalet）】喲。

──失去殺意的狼，已經不需要狼牙和狼爪了吧？」

「————」

面對狂三這樣的態度，琴里啞然失聲。

於是，後方傳來精靈們困惑的聲音。

「那個……所以，到底是怎麼回事～～？」

「真那……不要緊吧？」

琴里瞥了她們一眼後，臉頰冒汗，點頭回答：「她沒事。」

「……正如大家所知，這裡是十香創造出的理想世界，所有事情都得償所願、一帆風順，甚至連侵蝕真那身體的DEM魔力處理都變成『沒發生過』。可是，只要士道約會順利，世界就會恢復原狀——當然，真那的身體也是。」

「咦？所以說——」

「驚愕。令人難以置信。」

聽見琴里說的話，精靈們無不瞪大雙眼望向狂三。

想必大家明白了——狂三發射【四之彈】倒流對象的時間，把真那的身體恢復到被DEM進行魔力處理前的狀態。

「——哎呀、哎呀。妳們這麼盯著，人家會害羞的。」

狂三沐浴在大家的視線下，扭動著一絲不掛的身軀。琴里看見她的動作，輕聲嘆息後，從機構人員帶來的包包中拿出一套衣物，扔向狂三。

「穿上吧。總不能一直光著身子。」

「多謝妳的關心。」

狂三一邊穿上衣服一邊說道。美九在後方發出悲嘆聲：「討厭！再一下下啦～～！」琴里沒有理會她，對狂三說：

「……跟妳道謝就好了嗎？這孩子算是我的姊妹——不過，真意外呢，我還以為妳跟真那是一路廝殺至今的關係。」

「呵呵呵。」

琴里說完，狂三微微聳了聳肩。

「真那的確殺死許多『我們』……但追根究柢，全是DEM Industry幹的好事。況且——」

「況且？」

「——其實我並不討厭像真那這樣的『正義使者』。」

狂三打趣地說道，笑了笑。

「……哦？」

琴里分不出狂三說的是真心話還是玩笑話，但這句話實在和狂三太不搭調了，琴里不由得露出苦笑。

就在這個時候——

周圍的空氣宛如地震般震動，天空逐漸染成白色。

「啥……？這、這是怎麼回事……」

「呀～～！天災地變？」

四周立刻充斥著精靈們慌亂與困惑的聲音。

其中，狂三靜靜地仰望天空，低喃道：

「哎呀、哎呀，終於來了嗎？」

「狂三，妳知道發生什麼事了嗎？」

「是的。簡單來說……就是這個世界即將迎來終結。」

狂三吐了一口長氣，如此說道。「什麼……！」琴里瞪大雙眼。

「怎麼會，士道沒有趕上嗎？」

於是，後方傳來其他精靈的聲音安撫琴里——是二亞。

「——好了、好了，冷靜點，妹妹。還沒完蛋，我猜啦。」

看來二亞也跟狂三一樣，早就預料到這樣的狀態。她以沉著無比的態度接著說：

「我們已經完成我們能力所及的事了，接下來就交給少年。我們就相信他，等待結果吧。」

「可是——」

琴里一臉不安地皺起眉頭。於是，二亞豎起食指移到琴里的嘴脣前，制止她說下去，然後眨了眨眼對她說：

「我們不是知道，這種時候少年肯定會順利解決問題的，對吧？」

「…………！」

聽見二亞說的話，琴里輕聲屏息。

於是，原本和琴里一樣一臉不安的其他精靈也露出赫然驚覺的表情，彼此對看或互相頷首後望向琴里。

「說的也是……士道一定沒問題的。」

「唔嗯。妾身相信郎君。」

「呵呵，吾等已經做到如此地步了。士道這男人不會白費吾等之努力的。」

「信賴。無論是什麼樣的對手，士道一定會擄獲她的芳心。」

「就是說呀～～反轉十香肯定會被達令迷得神魂顛倒～～！」

「沒錯。通常那種女人一旦墜入情網，就會變得很軟弱。」

「……那個十香好歹是那個世界的統治者耶，沒問題嗎？妳們有在聽嗎？」

精靈們妳一言我一語。琴里聞言，抓了抓頭嘆息。

「……真是的。妳們竟然不管我這個妹妹，個個都很敢說嘛——既然如此，我怎麼好意思不相信呢。」

琴里說完，精靈們便用力點了點頭。

狂三一臉滿足地凝視著這幅情景，仰望天空。

「好了，士道，接下來就是你們的時間了。

——請好好度過，不要後悔。」

◇

——天空產生裂痕，如蛋殼般剝落。

——地面嘎吱作響，不停震動和發出哀號般的地鳴。

感覺像是世界這個生物正在迎向死期。這動輒看似夢幻的淒慘光景，令士道啞然失聲了一會兒。

不過，在這樣的狀態下。

「——唔嗯。」

站在公園外緣的天香一點也不慌亂地彈了一個響指。於是，剛才十香掉落的霜淇淋便恢復原本的狀態，塞到天香的手中。

天香舔了一口霜淇淋，接著說：

「原來如此，果然是絕景啊——一邊舔著冰品，眺望世界末日，實在很不錯呢。」

「……妳在做什麼啊！」

面對天香出乎意料的行動，士道不禁大喊。於是，天香狠狠地瞪了士道一眼。

「你這傢伙是怎樣，打算浪費十香買來的零食嗎？」

「不，我沒有那個意思——唔唔！」

士道話說到一半，眼珠子直打轉。因為配合天香手指的動作復原的第二支霜淇淋瞄準士道的嘴巴飛了進來。

「士、士道！你還好嗎！」

十香憂心忡忡地說道。順帶一提，最後一支霜淇淋則是溫柔地飛到十香的手中。

「嗯唔……嗯唔。」

士道嚥下被強行塞進嘴裡的霜淇淋，點頭回應十香。

於是，宛如配合這個動作，世界震動得更厲害了——

有一個巨大的「物體」從剝落的天空之間現身。

「什——什麼……」

士道仰望著天空，呆愣地發出聲音。

那是——一隻無比巨大的手。
閃耀著白光的手從裂開的天空外伸了進來，粉碎至今仍殘留的天空。
那隻手的主人沐浴在天空碎片下，爬了出來。
「那是——」
士道見狀，不禁屏住呼吸。
這也難怪吧。畢竟從中現身的生物樣貌，對士道而言是完全的未知——也是充滿怪異的已知畫面。
——直衝雲霄的巨人。
一名長髮披肩的美少女矗立在那裡。
面無表情，雙眸呆滯。只有長髮遮蓋住她發出微白光芒的肌膚，從乳房到腹部的稜線暴露在天空下。
而她背部伸展出來的——是無數的巨大羽翼。
那副模樣簡直就像神話中謳歌的天使。誰都知道，但誰都不曾目睹的極大幻想。
不過，緊緊吸引士道目光的並非那些要素。
「澪……？」
他茫然地發出聲音。

沒錯。從破裂的天空彼方現身的巨人，容貌與初始精靈崇宮澪一模一樣。

「——唉。」

大概是聽見士道的呢喃，天香眉毛抽動了一下。

「竟然長得跟那女人一樣，那玩意兒也太可憐了吧——那玩意兒沒有個人意志，只是按照烙印在她身上的情報，仿照崇宮澪的容貌。」

「——妳知道那是什麼東西嗎？」

士道詢問後，天香將霜淇淋的甜筒部分扔進嘴裡後回答：

「是將靈魂結晶的防衛本能具體呈現出來的形體——就好比是『免疫』那類的東西。」

「免疫……？」

「沒錯。崇宮澪的靈魂結晶力量太過強大，就算是她女兒十香的身體也無法完全適應。之前勉強以靈力蒙混過去，看來已經到達極限了。」

「不過——」天香繼續說道：

「算是撐得很久了——之後得向精靈們道謝才行。」

「咦？」

聽見天香說的話，士道一雙眼睛瞪得老大。於是，十香補充：

「琴里和折紙她們為了讓這個世界存在得久一點，在暗地裡幫忙的樣子。如果沒有大家的幫助，應該會更快演變成這個狀態。」

「原來是這樣啊……！」

就在士道發出驚愕的聲音時——

【————————————————】

巨大的「澪」發出歌唱般的咆哮。

「！士道！」

「——！」

十香呼喚他名字的同時，將他一把拉了過去。

於是下一瞬間，「澪」的嘴唇噘成像是要吐氣的形狀後——士道等人原本所處的高地公園立刻整個消失，就像被挖了一個窟窿。

「……！什麼——」

被十香抱住逃到上空的士道目睹這驚人的光景，不禁啞然失聲。

並非粉碎或劈斷，而是如字面所示的「消失」，甚至連原本應該殘留在那裡的瓦礫和碎片都不存在，產生好似用橡皮擦擦掉畫上不滿意的一部分那樣的不自然空白。

「嗯嗯嗯！嗯嗯～～！」

好不容易降落到剩餘地面的十香發出這樣的聲音，似乎是在表達：「你沒事吧，士道！」不知為何，聲音莫名地含糊不清。

望向她才發現她銜著霜淇淋的甜筒部分。看來是捨不得扔下手中剩下的霜淇淋，急忙扔進嘴裡的樣子。

「十、十香……」

雖然依然處於危險的狀態，但目睹這十分符合十香本色的行動，士道不禁苦笑。

接著，宛如在對他的苦笑產生反應似的，巨大的「澪」在四周響起聲音：

【——非適合體，回避攻擊。確認生存。排除。】

「……！」

用澪的聲調吐出機械般冰冷的話語。詭異無比的感覺令士道不禁皺起臉。

這讓士道再次體認到他認識的澪已經死亡這個理所當然的事實。倒不如用與澪完全不同的聲音說話還比較好。

「哼——」

天香冷哼了一聲，與十香一樣飛舞在空中逃離「澪」的攻擊後，輕聲嘆了一口氣，降落到十香身邊。

「真是粗暴呢。是想驅逐『病原體(我)』想得不得了嗎？主人已經不在這個世上了，竟然還這麼勇健。」

天香唾棄似的說道。不過，從她的眼神可以感受到些許憐憫。

「她打算做什麼……？」

「這還用問嗎？那是為了排除『我』這個異物而成形的拒絕反應(System)。那玩意兒會不斷攻擊，直到殺死『我』為止。既然如此，只能打倒她了。」

天香瞇起眼睛繼續說：

「不過，打倒那玩意兒，就等於是粉碎靈魂結晶。反正數分鐘或是數小時後——這個世界都一樣要終結。」

「什麼……！」

天香說的話令士道打了個哆嗦。這也難怪。因為這個世界終結，就代表十香壽命將盡。

大概是從士道的表情推斷出他的思緒，天香補充說道：

「——那玩意兒具體呈現出形體時便無法避免滅亡。現在只有被那玩意兒壓死，或是打倒那玩意兒後再死，這兩個選項。」

「…………！」

明明已經做好心理準備，內心還是不禁動搖。士道緊咬牙根，握緊拳頭，用力得都快滲出血了。

然而下一瞬間，響起一道溫柔的聲音對士道說：

「等我一下，士道。我馬上解決她。

——我們才約會到一半呢。」

「……！十香——」

聽十香這麼一說，士道赫然倒抽一口氣。

然後強忍住洶湧的情緒——對十香回以一個微笑。

「……嗯，說的也是。」

沒錯。答案還用想嗎？

就算只有幾分鐘，只要能騰出與十香共度的時間——就必須打倒那個電燈泡。

十香大概也感受到士道的想法了，只見她面帶微笑點了點頭。

「不過，真的有辦法打倒她嗎？如此荒唐的……」

士道仰望著巨大的「澪」，皺起眉頭，十香便再次頷首表示肯定。

「——當然可以，如果是『我們』。」

十香如此說完再次點頭，望向「澪」，踏出一步。

於是，天香也跟著站到十香身旁。

「——抱歉，天香，助我一臂之力吧。」

「沒必要道歉。我就是妳——我本來就打算這麼做。」

十香與天香交談後，互相微微點頭，不約而同地縮短距離，抱在一起。

下一瞬間，兩人的輪廓融合成一體——發出耀眼的光芒。

「————！」

眩目的光芒令士道不禁摀住雙眼。

不久後，光芒消逝時——

——一名顯現出美麗靈裝的少女佇立在那裡。

「十、香——？」

士道看見她的模樣，茫然地呼喚她的名字。

他自知反應愚蠢，但還是忍不住詢問——因為現身在那裡的少女雖是十香，卻散發出不像十香的氣息。

紮成一束的頭髮，與武裝全身、如公主般的靈裝。她的背部顯現出美麗的羽翼，好似澪的靈裝一般。

而她的雙眸，左右顏色有些不同。

左眼是天香，右眼是十香。

士道見狀才終於明白那名少女散發出的感覺是什麼。

沒錯。現在位於他眼前的少女——正是十香與天香兩人融合為一體的模樣。

「——嗯。」

少女靜靜地點了點頭。那可靠又溫柔的語氣，無庸置疑是十香的聲音。

「我去去就回，士道。」

十香留下這句話後，飛向直衝雲霄的巨人。

——那是多麼奇妙的感覺。

明明只是本為一體的十香與天香恢復原狀而已，全身卻充滿前所未有的力量。

像是要滿溢而出的靈力與釋放出耀眼光芒的靈裝。如今看來，用一根手指粉碎星星也並非不可能的事……不過，若是做了那種事，可能會挨士道一頓罵，因此她並不打算那麼做就是了。

（——那是當然。因為顯現出過去用來維持世界和抑制「免疫機能」的靈力。稱不上百分之百，但等同於發揮吾等母親之力量。）

「喔喔！」

這時，腦海裡響起天香的聲音，十香發出吃驚的聲音。

（事到如今妳還在驚訝什麼？我們剛才不是同化了嗎？）

「唔……是沒錯啦，但我沒想到妳會在我腦海裡發出聲音。」

十香如此說道，緊握拳頭，將嘴唇彎成新月的形狀。

「不過——我說啊，這樣真不錯呢。強烈感受到一種與天香並肩作戰的感覺。要是妳更早跟我說話就好了。妳一直在我體內吧？」

（別說傻話了。我跟妳之所以能同時存在，是因為奪取了母親的力量。）

「唔……對喔。可是……」

十香大大點了點頭，加深笑意。

「——就算聽不見聲音，妳也一直陪在我身邊吧。就像當時——還有那個時候。真的很謝謝妳。」

（…………哼。）

十香說完，天香有些難為情地吐了一口氣。

（——更重要的是，集中精神。好歹也是崇宮澪的靈魂結晶留下的系統，說起來，具備與我們相同性質的能力。別大意了。）

「嗯，我知道！」

十香回應天香的聲音後，在空中張開雙手。

然後高喊自己最信任、最強的天使之名：

「──〈鏖殺公〉！」

瞬間，虛空震動，發出光芒的同時，顯現出金色的王座。

然而不只如此。十香緊接著高喊：

「──〈暴虐公〉！」

那名聲響亮的魔王之名。

於是，黑暗盤踞，出現頂著劍的銀白色王座回應十香的呼喊。

沒錯。那是天香的魔王，〈暴虐公〉。

與天香同化的十香也能施展她的能力。

「呼──！」

十香將雙手推向前方。配合十香的動作，兩把巨劍從王座的椅背拔出，飛到十香手中。

右手〈鏖殺公〉。

左手〈暴虐公〉。

十香征服兩名強力無比的王，發出如裂帛般清厲的吶喊，同時揮下雙手。

「──嗚喔喔喔喔喔喔喔喔喔喔喔喔喔喔喔喔喔喔喔喔喔喔喔喔喔喔──！」

〈鏖殺公〉與〈暴虐公〉劍光一閃，劃破空氣，將巨大「澪」的雙手劈成兩半。

【——損傷。雙手。對象。生存。排除——】

「澪」痛苦得扭動身軀，手臂斷面飛舞出閃閃發光的靈力顆粒。不過，十香的攻擊尚未結束。她再次舉起兩把劍，釋放斬擊，光線與黑線將「澪」的胸口劈成十字。

就在這個時候——

【——————！】

「澪」發出格外響亮的咆哮聲，身子向後仰，她的乳房之間「長出」一張新的「澪」的臉。

「什麼……！」

（嘖——）

這實在是出乎意料。十香聽著天香在腦海裡咂了嘴，瞪大雙眼。

在這段時間，全新的「澪」臉像吐氣般動著嘴脣——沒錯，就像剛才消除高地公園那樣。

「唔……！」

十香集中意識，讓整個身體充滿靈力。

下一瞬間——無形的衝擊波襲向十香。

「……！十香——！」

士道從地上仰望十香與「澪」交手，發出吶喊。

十香以為切斷「澪」雙手的瞬間，「澪」的胸口長出另一張臉，瞄準十香釋放剛才的攻擊。

「唔……！」

位於十香後方的地面剎那間消失得無聲無息。十香勉強加強防禦才免於遭到消滅的樣子，但無法完全抵銷吐氣的力量，被擊落天空，猛力撞擊「原本是地面的地方」。

「唔，啊──！」

十香拄著劍，勉強站起。靈裝各處產生痕裂，看來光是用雙腳站立也已是極限。

【──手部。再生。目標。確認。】

不過，「澪」的攻擊並未停止。「澪」從被切斷的手臂根部長出兩條新手臂後，伸向十香。

「休想得逞……！〈颶風騎士〉！」

士道集中意識，顯現封印在自己體內的天使之力。

身上纏繞著風，飛向天空。士道以高速飛行，一邊呼喚下個天使之名。

「〈滅絕天使〉！」

瞬間，士道的周圍出現無數根〈羽毛〉，同時向「澪」發射光線。

然而──

「什麼……！」

〈滅絕天使〉發射的光線僅是輕微削掉「澪」一層皮膚而已，而且不到數秒，傷口又長出新的皮膚。

不過，這也難怪吧。雖說是沒有自我意識，類似系統的東西，但那巨大的「澪」畢竟是澪的靈魂結晶的一部分——能傷害澪的，只有擁有澪力量的人。士道在剛才的戰鬥中深切地感受到這個事實。

「唔——放棄……是不可能的！我還等著跟十香約會呢……！」

士道接二連三顯現出天使，不斷攻擊「澪」，試圖阻止她。

不過「澪」似乎甚至沒有發現士道存在，一再攻擊十香。十香搖搖晃晃，吃力地避開那些攻擊。

「澪……！」

士道也明白「那玩意兒」並不是澪。

不過——還是忍不住吶喊、呼喚。

不惜犧牲自己的生命來幫助士道一行人的澪。

他不想再看見有著她容貌的生物手刃十香的畫面。

「澪〜〜〜〜〜——！」

士道高聲吶喊。

就在這個時候——

【————別擔心。】

士道聽見這樣的聲音。

「……咦——？」

士道不禁停下動作，望向「澪」巨人的臉。

她的臉龐依舊看不見類似表情的情緒，只是冷酷無情地試圖排除十香這個存在。

就在這時，士道發現剛才聽見的聲音是直接在腦海中響起，而非以耳朵接收。

「剛才那是……」

士道瞪大雙眼，手觸額頭。

是處於極限狀態下所引起的幻聽？不。

是「澪」為了迷惑士道所發出的聲音？不。

剛才的聲音無疑是——

【——你有能力。去幫助十香吧。】

「…………！」

士道帶著確信抬起頭。

【————】

巨大的「澪」揮舞新生的手臂攻擊十香。每根手指發射出蘊含驚人靈力的光線，瞬間改變周遭的景色。

（十香！）

「嗯……我沒事。勉強能閃開。」

十香好不容易活動疼痛的身軀，回應腦中響起的聲音。

「不過，這樣下去只能屈於防守。必須想辦法找到反擊的契機——」

就在十香巧妙地閃避亂舞的光線時，突然停頓不語。

理由很單純。因為「澪」發射無數光線的手的掌心像剛才一樣，長出一張「澪」的小臉。

「唔——」

——大意了。十香皺起臉，全身僵硬。

「澪」的光線只是誘餌，全是為了在十香無法避開的時間點，發出所向無敵的「吐氣」——

不過，預想的衝擊遲遲沒有來臨。

因為就在「澪」要「吐氣」的瞬間——

「——〈萬象聖堂〉！」

從某處響起這樣的吶喊聲，「澪」的頭上立刻出現一朵巨大的花。

雌蕊前端懷抱著少女像的巨大花朵從天降下光芒後——讓正想對十香「吐氣」的「澪」的臉連同那隻手停止活動。

並非粉碎或劈開，而是宛如從被光照射到的部分開始失去生命，「澪」的手臂朝地面墜落。

十香見狀，不禁瞪大雙眼。

「什麼……！」

（怎麼可能！）

像是配合十香的驚愕，天香也在腦海中響起聲音。

不過，這也難怪。畢竟剛才顯現在那裡的，是崇宮澪擁有的天使之一——奪取萬物生命的死亡天使〈萬象聖堂〉。

但是，十香不只對〈萬象聖堂〉的出現感到吃驚。

剛才呼喚那天使之名的聲音無疑是——

「士道！」

「——是我！」

十香呼喚士道的名字後，站在地上的士道便用力地點了點頭。

沒錯。令人難以置信的是，顯現澪的天使的正是士道。

「要上嘍，十香——快點解決掉她，繼續約會吧。」

士道莞爾一笑如此說道。十香瞬間吃驚得瞪大雙眼——

「……嗯！」

然後面帶微笑，如此回答。

【————————————】

「澪」痛苦地扭動身軀，自己砍斷無法活動的右手。於是下一瞬間，手臂的斷面又長出新的手臂。而「澪」揮舞新生的右手，再次發射光線。

（哼，真是頑強呢——妳還有辦法戰鬥嗎？）

「那是當然！」

十香回應天香，揮舞右手的〈鏖殺公〉與左手的〈暴虐公〉，砍斷「澪」的手指。

十香穿過手指隙縫，飛舞空中，逼近「澪」的本體。

【————————————】

發現十香接近的「澪」打算同時從原本的頭部和胸前生長的臉龐「吐氣」。

然而——

「——〈輪迴樂園〉！」

那一瞬間，再次響起士道的聲音後，「澪」的背後聳立起一棵懷抱少女像的巨大樹木——以此為起點，黑白空間蔓延開來。

法之天使〈輪迴樂園〉。追根究柢，說是利用這個天使的力量構成這個世界也不為過。

被這根源的能力所囚禁，「澪」的動作完全停止。

「——喝啊啊啊啊啊啊！」

十香怎麼可能會錯過這個好機會。她揮舞〈鏖殺公〉與〈暴虐公〉，將「澪」的身體直劈成兩半。

即使如此，「澪」依然沒有倒下。儘管被「輪迴樂園」所束縛，被斷成左右兩半的身體伸出類似觸手的東西，試圖再度結合。

「唔……這樣下去會沒完沒了！」

十香不禁皺起眉頭。於是，士道又大喊回應她：

「應該有組成那個『澪』，像是核心的東西！必須破壞它才行！」

「什麼……士道？」

（很清楚嘛。不過，到底該怎麼做？）

「——交給我。」

士道彷彿聽見了十香腦海響起的天香的聲音，勾起嘴角莞爾一笑後，朝地面一蹬，飛舞到空中，來到「澪」的頭部。

然後高聲吶喊。

吶喊那個天使之名。

「——〈　〉（Ain）！」

瞬間。

【——————————】

士道的手發出白色光芒後，響起「澪」慘烈的叫聲。

這也難怪。因為士道顯現的是澪擁有的最後天使——發動的瞬間，會將萬物歸無的無之天使〈　〉。

——數秒後，光芒開始從四周漸漸消失。

那裡已不見巨大的「澪」的身影。

不——正確來說，是只剩下消除了所有巨大外皮、人類大小的「澪」的核心，像是被〈輪迴樂園〉困住般飄浮在那裡。

「趁現在！十香！天香！」

士道高聲吶喊，催促兩人。大概是接受到士道的訊息，天香在十香的腦海輕聲一笑。

（——哈！很有一套嘛。我對你刮目相看嘍，人類。）

十香聞言也勾起嘴角一笑。

「妳在說什麼啊，天香，士道本來就——棒透了啊！」

十香高聲說道，將〈鏖殺公〉和〈暴虐公〉疊在一起，舉向天空。

飄浮在十香背後的兩把王座瞬間配合她的動作，立刻粉碎成無數的碎片，纏繞在十香舉起的劍上。

不久後，從碎片奔流中出現一把巨大無比的劍。

〈鏖殺公〉的【最後之劍】（Halvanhelev），以及〈暴虐公〉的【終焉之劍】（Paverschlev）。

結合這兩把劍，十香擁有的最大最強的天使與魔王。

「——【創世之劍】（Yezelhlev）——」

十香注入全身的力量，舉起那把劍後，靜靜地望向「澪」的核心。

與澪擁有同樣容貌，卻變成與人類一樣大小的核心，簡直就是澪本人。

十香目睹那令人懷念的模樣，腦海裡浮現某種記憶。

那是基於體內蘊藏著澪的靈魂結晶而獲得的澪的記憶。

——是澪偶然創造出十香時的記憶。

澪雖然因為出乎意料的異常狀況而對十香有所警戒，卻沒有粉碎那顆靈魂結晶。她下不了手殺死除了自己以外，可說是唯一的純粹精靈。

那或許是憐憫，也或許是身為母親的溫柔。不過，澪那可說是一時興起的選擇，延續了十香的性命，產生了現在這一瞬間。

「澪——」

另一個記憶掠過十香的腦海。

那是在〈輪迴樂園〉創造的世界中的記憶。澪與令音，真士與士道存在的夢境記憶。

是士道的一句話，終結了澪希望能永遠持續的幸福世界。

（——澪，妳是「為了創造出能殺死自己的存在，才生下我的」。）

十香也不知道士道的這句話是否正確。

不過，假如那真的是澪自己也沒察覺的願望——

沒有殺死十香這個預料之外的存在，或許還有另一個理由。

「——抱歉。因為我的任性，讓妳久等了。」

十香輕聲呢喃後——

「——喔喔喔喔喔喔喔喔喔喔喔喔喔喔喔喔喔喔喔喔喔喔喔喔喔喔喔喔喔喔喔喔喔喔喔喔喔

喔喔喔——！」

揮下巨大的劍，連同周圍的空間將「澪」的核心劈成兩半。

終章 Last Day Alive

在迎向末日的世界中，閃閃發光傾瀉而下的光粒宛如沐浴在月光下閃耀的白雪。

不久前，形成「澪」以及巨劍的靈力殘渣有如點綴龜裂天空的面紗般擴展開來。

難逃的滅亡；夢幻的末日。士道不禁被奪去目光。那幅光景用來裝飾世界的毀壞，未免有些太過美麗。

十香搖曳著閃耀光輝的靈裝，從那宛如繪畫的風景緩緩而降。她背對極光的身影就像天上的女神——抑或是來救濟死者靈魂的天使。

「——十香。」

士道有些恍神地呼喚她的名字。

於是，十香像在回應他似的輕輕抬起下巴——

「——哼。」

傲慢地冷哼一聲。

因為這個反應，士道才發現十香散發出的氣息與往常有些不同。

「是天香……嗎？」

「沒錯，我暫時借用了她的身體。不是十香真遺憾啊。」

「不，沒這回事……」

士道話還沒說完，天香便打斷他，繼續說：

「——正如你所見，這裡是臨界點。這個世界即將毀滅，你們自由了。高興吧，這是你們期望的結果。」

「咦？自由……不是妳改寫世界的嗎……」

「那女人的靈魂結晶留下的力量，不足以用鄰界覆蓋原本的世界——〈囁告篇帙〉的主人似乎故意這麼說以煽動你們的不安。」

天香如此說道，微微聳了聳肩。「狂三那傢伙……」士道聞言，臉頰流下汗水。

不過，他立刻改變想法。無所不知的〈囁告篇帙〉的確有辦法得知這個世界的真相吧，但同時也會得知十香將隨著澪的靈魂結晶一起消失。

——啊啊，原來如此。士道這才明白正因為這樣，狂三才會慫恿士道等人，讓他在最後得以跟十香約會。

士道在確認狂三說的話是真是假時，突然想起她建議自己使用〈刻刻帝〉，而非〈囁告篇帙〉。〈刻刻帝〉的確能讓人以親身體會的方式想起記憶——但更重要的理由是，不想讓士道知道十香的死期吧。

「……那傢伙。」

也有溫柔無比的「最邪惡精靈」嘛。士道胡亂撥了一下瀏海，嘆了一口氣。

「…………」

不，說到溫柔，可不能忘記另外一個人。士道瞥了天香一眼。

——藉由扮演反派，讓士道邀請十香約會的精靈。

「為何用那種眼神看我？」

「不，沒事。」

要是說出那種話，天香又要不高興了吧。士道如此判斷後，含糊地以苦笑帶過。

天香一臉納悶地皺起眉頭，最後還是不計較地繼續說：

「我不過是利用那個女人的力量製造結界罷了——創造出一個時間流逝與現實世界不同的世界。」

「時間流逝不同……？」

「沒錯。當時崇宮澪的靈魂結晶早已半毀，頂多只能再保存數分鐘吧。所以我在結界內控制時間的流逝速度，盡可能產生久一點的時間。在這個世界與你們度過的一個月，不過是現實世界的三分鐘左右。」

「——這樣……啊……」

聽見天香說的話，士道恍然大悟地嘆了一口氣。

澪的靈魂結晶再過幾分鐘就會毀壞……也就是說，十香的生命本來應該在那時告終。

所以天香才奪走澪的靈魂結晶，創造出這個世界。

全都是為了讓十香度過最後的時光。

啊啊，真的是——

「……妳真的很善良呢。」

這次士道忍不住脫口說出這句話。

「…………哼。」

不過，天香並沒有士道想像中的那樣不悅。只見她輕輕冷哼一聲，並且立刻挪開視線。

「……總之，你們只要乖乖待著，便能脫離這個世界。剩下的時間跟十香一起度過就好。」

「和十香……那妳呢？」

「還用說嗎？當然是回到十香的體內。我不想繼續打擾你們。」

「怎麼這樣，我們都一起相處到現在了——」

士道話還沒說完，天香便搖頭打斷他。

「——今天你完全忽視我說的話，帶我四處遊走吧。至少最後讓我任性一下。我在這個世界可是等同於創世之神的存在喔，對我尊敬一點才不會遭天譴。」

天香一臉無奈地如此說道。

士道聞言，把即將說出口的話嚥了回去……點了點頭。

「……嗯，說的也是。謝謝妳，天神。」

士道打趣地說道，天香突然垂下視線。

「知道便可——只是，在世界完全瓦解之前，先封印靈力吧。雖說是殘渣，但畢竟是初始精靈的靈力，難保消滅時會產生什麼餘波。」

「……我知道了。不過，吸收澪靈魂結晶的是天香妳吧？必須封印妳的力量，而不是十香才行吧？」

「沒問題，我和十香密不可分。實際上，十香也利用那女人的力量將我具體呈現出來了吧。只要跟十香接吻便可。」

「不，封印不單是接吻就可以，對方必須對我敞開心扉——」

「——『所以我才說沒問題』。」

「咦……？」

天香以強勢的語氣說道。士道不禁瞪大雙眼。

「與你相處時，十香的心閃閃發光，既開心又愉快，真的看起來很幸福——我很喜歡感受十香那樣的心情。」

「所以——」天香接著說道：

「雖然我創造這個世界無非是為了十香……但也有一點點，是想在最後再見你一面。」

「天香——」

「如果，我是說如果，我也能再早一點認識你——」

天香說到這裡，輕輕搖了搖頭，像是在表達再繼續說下去就太不識趣了。

不過，她那張平時總是沒有表情的臭臉卻勾起嘴角微微一笑。

「——再見了，『士道』。與你約會，還不壞。」

天香如此說完，便像暈厥般大幅搖晃身體，失去平衡。

「！天香！」

士道連忙支撐住她，她的身體正好在這時發出淡淡的光輝，身上穿的靈裝化為光消失無蹤。

剩下的，只有十香身穿的淡色衣服。

「……嗯……士道？」

天香輕聲如此說道，抬起頭。

不。聽見這個語調，士道發現——她現在不是天香，而是十香。
「……我在，辛苦妳了，十香。」
「唔……嗯。你跟天香似乎聊完了。」
士道出聲搭話後，十香便像是洞察一切般如此回答。
在來到士道身邊以前，她肯定跟天香交談過了吧。士道點頭肯定：「是啊。」
「這樣啊……那麼……」
於是，十香仰望天空後綻放笑容。
「——我們繼續約會吧。」

就這樣，在逐漸崩塌的天空下。
兩人並肩聊天。
起初是信步而行。
走了一會兒後，則是在奇蹟似的留下的長椅上坐下。
像在回顧認識至今的過往，天南地北地聊個不停。
「——不過，我第一次吃到黃豆粉麵包時真的很震驚呢。想不到有那麼好吃的東西存在。」

「哈哈，妳真的很喜歡呢。幸虧有偶然經過麵包店。」

「嗯。我當時心想，讓我吃到如此美味的東西，這個男人應該不是壞人。要是沒有吃到黃豆粉麵包，可能就無法封印我的靈力了呢。」

「咦！原來黃豆粉麵包對我幫助那麼大嗎！」

「呵呵，開玩笑的啦。現在回想起來──肯定是因為士道，才覺得那麼好吃吧。」

「十香……」

「啊啊，對了。因為和士道還有大家在一起，我才能體驗那麼多歡樂的事。像是去水族館、去海洋樂園玩時……還有士道變成女生的時候。」

「哎呀，最後那一句是多餘的吧？」

「你說什麼啊？不是非常快樂的回憶嗎？在天央祭的舞臺上玩樂團可有趣了呢！」

「嗯，那件事本身是快樂的回憶沒錯……」

「現在回想起來，要是士道早點學會變成女生的方法，教育旅行進去女澡堂的時候或許就沒必要那麼慌張地逃走了。」

「不，身體是沒辦法改變的！那反而是最糟糕的場所吧！」

「說的也是。那麼需要的是〈贗造魔女〉啊。要是你再早一點封印七罪的靈力，就可以盡情進入女澡堂泡澡了呢！」

「別說這種會招人誤會的話！女澡堂也不是我想進去才進去的好嗎！」

「喔喔，對喔。抱歉、抱歉。」

「真是的……不過，七罪的能力的確很麻煩呢。她曾經變身成妳們其中一個人吧。」

「喔喔，確實有發生過這種事呢！」

「當時妳突然吃很少，老實說我有點懷疑，想說搞不好是七罪變的。」

「唔，是這樣嗎？」

「是啊。結果只是誤會一場，不過當時我真的嚇了一跳呢——啊，對了，說到七罪，有件事我必須跟妳道歉。」

「必須跟我道歉？什麼事？」

「就是，妳還記得『NATSUMI』這個詞嗎？」

「嗯！當然！是問候語吧，意思是『我最喜歡妳了』，對吧？」

「對、對，就是那個，其實那只是我臨時胡謅的——」

「那是我最喜歡的詞。難過的時候，只要大喊你教我的這個詞，感覺就能恢復精神。」

「這、這樣啊……」

「所以，NATSUMI怎麼了？」

「…………呃，其實是『我超級喜歡妳』，更加強調的意思。」

「原來是這樣啊！……呵呵，是嗎？欸，士道。」

「嗯，什麼事？」

「NATSUMI！」

「……喔。十香。」

「唔？」

「NATSU～～MI～～～～～～！」

「喔喔！真是精力充沛呢！」

「是啊，已經精力充沛了！既然這樣，我就常常把它掛在嘴上吧！」

「不過，真是懷念呢！啊啊——大家還一起畫過同人誌呢。」

「是啊、是啊。截稿日真的很緊迫……還要謝謝十香妳們當銷售員呢。兔女郎的模樣很可愛喔。」

「什……突然誇獎人太詐嘍，士道。你要這麼說的話，被困在童話世界的時候，來拯救我的士道也很帥氣喔。」

「那有些地方不符合我的個性啦……算是大家創造出的理想中的我的模樣。」

「放心吧，我覺得平常的士道也很帥氣喔。」

「！哈哈……原來如此。突然被人誇獎，感覺好害羞呢。不過，童話中實際的我好像是小豬的樣子……十香是桃太郎吧？很適合妳呢。」
「嗯，我記得那副模樣滿好活動的。大家也打扮成各種模樣……呵呵，當時明明很艱辛，如今回想起來感覺卻有點快樂，真是不可思議呢。」
「嗯……確實如此啊。」
兩人眺望著逐漸瓦解的世界，聊著與這幅毀滅的光景不搭調的話題。
不過，這樣就好。
這樣──才好。
這種若無其事的時光真的很幸福，真的很難得──
正因為如此，才無法置信。
現在像這樣面帶笑容說話的少女即將消失。
「……！」
在快樂的談話中，這個想法突然掠過士道的腦海，令他輕聲屏息。
──不行。不可以。他拚命忍住盈眶的淚水。
因為最難過的無非是十香。然而，十香卻一臉開心地跟自己聊天，肯定是為了用笑容迎接死期；肯定是為了不讓留下的士道悲傷。
既然如此，士道怎麼可以哭泣。他指尖微微顫抖，還是想辦法保持笑容，繼續聊天。

「——啊啊，對了——」

就在這時，十香感慨萬千地嘆息著呢喃。

「嗯……怎麼了？」

「沒什麼，只是想說應該先跟大家道別的。她們幫忙延後這個世界毀滅的時間，我卻無法向她們表達感謝。」

「啊啊……對喔。不過這也無可奈何，大家一定——」

「——士道！十香！你們沒事吧！」

就在士道說到一半的瞬間，後方傳來這樣的聲音。

「咦？」

「唔……？」

兩人吃驚地望向聲音來源，便看見琴里以及其他精靈不知何時來到了這裡。

「……呵！」

「……哈哈！」

士道與十香彼此對看後，忍不住笑了出來。

精靈們見狀，露出納悶的表情望向他們。

「怎、怎麼啦，你們兩個是怎麼回事？」

「推測。應該是因為很久沒看見耶俱矢這張具有衝擊力的臉吧？」
「妳有資格說嗎？明明長得跟我一樣！」
精靈們紛紛發表各自的意見。士道讓呼吸平靜下來，張開手心說：「抱歉、抱歉。」
「妳們來得實在太湊巧了……害我以為是不是善良的天神做出善解人意的舉動呢。」
「啥……？」
琴里一臉「聽不懂你在說什麼」的表情。
於是，十香從長椅上慢慢站起，面向大家回答：
「妳們來得正好。
——大家，謝謝妳們過來。最後還能見妳們一面，真是太好了。」
「「…………！」」
聽見十香說的話，精靈們無不屏住呼吸。
不過，狂三或是二亞已經告訴她們這個事實了吧。儘管有人難過得緊咬嘴脣，卻沒有半個人大喊為什麼。
十香慈愛地注視著大家，輕輕開啟雙脣：
「琴里、四糸乃、四糸奈、耶俱矢、夕弦、美九、七罪、二亞、六喰、狂三，以及折紙。過去真的非常謝謝妳們。雖然認識的過程有些粗暴，但我真的很慶幸能遇見大家。跟妳們度過的日子像寶藏一樣閃閃發光，每個時刻——都無比開心快樂。

也替我轉達給真那、神無月、所有船員、亞衣、麻衣、美衣、小珠老師、殿町和班上同學。

說我真的、真的……很謝謝他們。

多虧了大家——我過得很幸福。」

「十香……」

「！唔——」

「十香～～……」

聽見十香說的話，精靈們有些低下頭，有些眼眶泛淚。

十香有點為難地笑著面向士道。

「……士道，時間差不多了。在世界完全崩塌之前……拜託你了。」

然後毅然決然如此說道。

「…………………好。」

士道吸了一大口氣再吐出後，如此回答。

他邁開步伐走到十香面前，將手放在她的肩膀上。

於是，十香凝視著士道的眼睛——慢慢垂下視線。

像是靜靜等待親吻一樣。

「…………」

那副模樣與她的美麗相輔相成，甚至看起來像一座雕像。士道按捺手的顫抖，控制到最小限度，自己也閉上眼睛，將脣湊上十香的脣。

——不過，就在這個時候。

「十香……！」

精靈當中響起這樣的呼喚聲。

「咦——？」

「……！」

士道與十香因為突如其來的狀況瞪大眼睛，望向聲音的主人。

那名——左手戴著兔子手偶的嬌小少女。

「四糸乃……？有什麼事嗎？」

十香驚訝得將眼睛瞪得圓滾滾的，望向那名少女——四糸乃。

沒錯。當士道要親吻十香的瞬間，四糸乃出聲阻止。

不——不只如此。

「……這樣可以嗎？十香……」

四糸乃眼淚滴滴答答地落下，喉嚨擠出聲音。看見那不像四糸乃會露出的淒慘神情，十香不禁倒抽一口氣。

「四、四糸乃……？」

「最後的話……就這樣……真的可以嗎……！」

四糸乃哽咽地吶喊後，與左手的「四糸奈」四目相交。

「……四糸奈。」

「——嗯。加油，四糸乃。」

四糸乃與「四糸奈」對話後，深深吸了一口氣——

直接拿下手上的「四糸奈」。

「「什麼……！」」

精靈們目睹這一幕，無不發出驚愕的聲音。

這也難怪。「四糸奈」是四糸乃最重要的朋友，總是形影不離，假如想拆散她們，四糸乃的精神狀態就會不穩定。誰也沒想到四糸乃竟然會自己脫下「四糸奈」。

「……七罪，四糸奈麻煩妳一下。」

「咦……！好、好的……」

從四糸乃手中接過「四糸奈」的七罪發出變調的聲音如此說道。大概是被四糸乃神祕的魄力所震懾，說話十分恭敬。

四糸乃直接向前踏出一步，好似要向大家宣言般繼續說：

「大家，我要在此刻使用我優勝的權利，可以吧？」

「「…………！」」

四糸乃說完，精靈們倒抽一口氣。只有士道表現出一副不知道四糸乃在說什麼的表情，皺起眉頭。

於是，四糸乃下定決心般抬起頭，凝視著士道——開口：

「——士道，我很喜歡你。」

「……！」

「咦！」

面對突然的告白，十香與士道發出驚愕的聲音。

這也難怪。他們萬萬沒想到竟然會有人在這種世界即將毀滅的時刻做出愛的告白，而且，還是那個乖乖牌四糸乃。

不過，其他精靈像是早已做好心理準備，只是靜靜地旁觀。

四糸乃流淚，紅著鼻子，激動地接著說：

「從你救助我的那時候起，我就一直喜歡你了……！我的心意不會輸給其他人……！不論是琴里！折紙！還是──十香！」

「什麼……！」

十香對四糸乃突然的發言感到驚訝，但仍感覺到拳頭自然地使勁。

「妳、妳突然說些什麼呀，四糸乃！妳這麼說的話，我也對士道──」

就在這時──

十香感覺有什麼東西沿著臉頰流下。

而當她發現那是自己的眼淚時──

某種情緒早在自己心中決堤。

「啊，啊，啊啊啊，啊啊啊啊啊啊啊啊啊──」

勉強壓抑住的感情波濤，以一個小洞為起點流出。

為了不讓士道悲痛，為了不讓大家感傷而一直忍耐的情緒全部溢了出來。

「沒錯……我也……我也喜歡士道……！」

「十香──」

士道吃驚得瞪大雙眼。

不過，已經停不下來，無可奈何。十香抓住士道的肩膀，在不停湧上來的激動情緒下，吐出話語。

「士道……士道！我喜歡你！跟喜歡大家的感情不一樣！完全不輸任何人……！我想跟你再相處久一點！想再跟你度過美好的時光……！不要……我不想消失……！不想跟你分開……！」

「──────」

十香流著豆大的淚珠，緊抓住士道訴說。

不久前還嚴格克制自己的十香。

原本不想讓大家悲傷而保持堅強的十香。

「嗚，啊───」

看見這幅情景──

士道心中有某種東西因此斷裂。

「───啊啊啊，啊啊啊啊啊，啊啊啊啊啊啊啊啊啊啊啊啊啊啊啊啊啊啊啊啊啊啊啊──────！」

士道先前也盡可能佯裝平靜。察覺十香的心意，試圖表現得活潑開朗。

為了不留下悲傷。

為了能笑著離別。

為了開心度過最後的時刻。

——啊啊。

——那是怎樣？

「——『那是』……『怎樣啦』……！」

士道擠出聲音的同時用力緊抱住十香，力道強得彷彿要將她粉碎。

「我也……我也喜歡十香！非常喜歡，喜歡到無可救藥……！我根本不想跟妳分開……！我想跟妳再相處久一點！為什麼啊……為什麼事情會變成這樣！」

然後像是要把喉嚨喊破一樣，高聲吶喊。

——我為什麼要一直忍耐？為了有意義地使用所剩無幾的時間？為了不讓十香感到悲傷？現在覺得那種顧慮全是耍小聰明的想法。誰管它啊？關我什麼事？我在灑脫什麼，裝什麼帥啊！明明是最後能跟十香相處的時刻；明明是最後能跟十香表達自己想法的機會——！

宛如受到兩人慟哭影響，世界蠢動得更加劇烈。

天崩地裂，周圍的景色逐漸消失。

「十香……！」

「士道……！」

士道與十香互相呼喚彼此的名字——

在逐漸消失的世界，最後一次親吻。

——世界柳暗花明。

恢復成真正的世界。

睜開眼睛時，士道等人位於海浪沙沙作響的夜晚海岸，而非天宮市的公園遺跡。

那是「當時」的場所。初始精靈互相交戰之後——澪的靈魂結晶即將消失的場所。

風景和「當時」完全沒變。

大家的模樣。

周遭的景色。

四散的殘骸。

然而，士道的懷裡已不見——十香的身影。

後記

好久不見，我是橘公司。

在此為您獻上《約會大作戰DATE A LIVE 20 創世十香》。

這是傾盡我現有能力創作的內容，如果你們喜歡本書將是我莫大的榮幸。

終於到了第二十集。這個數字令我這個第二十屆Fantasia長篇小說大賞獲獎者感慨萬千啊。

而且這本書是在三月二十日發售，又多了一個二十。咻～～感覺狂三那個時候，我好像也用「3」說過類似的話。

事情就是這樣，創世十香。想說的事情有很多，但這次由於內容，我盡量避免劇透。

後記所剩的頁數也不多，比起在這裡說得模稜兩可，倒不如在能爭取到許多篇幅的情況下，再次說個盡興。

不過，只有一件事我非說不可。

能描寫出十香這個角色真是太好了。

後記

那麼，本集也將與東出祐一郎老師的《約會大作戰DATE A BULLET 赤黑新章5》同時發售！抵達的第七領域是機關賭場空間！狂三與響為了賺取資金，選擇了什麼方法？另外，故事將有令人震驚的發展……！希望各位能一併閱讀這本書！

這次也在多方人士的努力下才得以出版本書。

插畫家つなこ老師，多謝您總是畫出如此精美的插畫。合體十香自然不用說，彩頁的囁告狂三與凍鎧四糸乃會不會畫得太棒了？

責任編輯，不好意思，每次都拖稿。

美編草野，書衣設計超帥的。

編輯部、業務部、通路、販賣等所有相關人員，以及拿起本書閱讀的各位讀者，由衷向你們致上無盡的謝意。

——那麼，長久作陪的《約會大作戰DATE A LIVE》也即將面臨結局。

恐怕下一集將成為本篇收尾的故事。

如果各位能看完士道等人的故事，我就心滿意足了。

二〇一九年二月　橘　公司

約會大作戰DATE A BULLET 赤黑新章 1~5 待續

Kadokawa Fantastic Novels

作者：東出祐一郎　原案·監修：橘公司　插畫：NOCO

狂三為了贏得撲克牌對決，竟然在夜晚的街頭當兔女郎？

「想讓我打開通往第六領域的門——就去賺錢吧。」第七領域支配者佐賀繰由梨提出這樣的條件。時崎狂三與緋衣響為此要到賭場賺錢，但玩吃角子老虎賺的錢對目標金額仍是杯水車薪。於是狂三賭上全部財產，與齊聚到第七領域的眾支配者以撲克牌對決！

各 **NT$220~240/HK$68~80**

國家圖書館出版品預行編目資料

約會大作戰 DATE A LIVE. 20, 創世十香 / 橘公司作 ; Q太郎譯. -- 初版. -- 臺北市 : 臺灣角川, 2020.05

面； 公分. -- (Kadokawa fantastic novels)

譯自 : デート・ア・ライブ 20, 十香ワールド
ISBN 978-957-743-745-7(平裝)

861.57 109003305

Kadokawa
Fantastic
Novels

約會大作戰DATE A LIVE 20
創世十香

（原著名：デート・ア・ライブ20　十香ワールド）

2020年5月11日 初版第1刷發行
2024年7月3日 初版第5刷發行

作者：橘公司
插畫：つなこ
譯者：Q太郎

發行人：台灣角川股份有限公司
總監：呂慧君
總編輯：蔡佩芬
主編：林秀儒
編輯：孫千棻
設計指導：陳晞叡
美術設計：吳佳昫
印務：李明修（主任）、張加恩（主任）、張凱棋、潘尚琪

發行所：台灣角川股份有限公司
地址：104台北市中山區松江路223號3樓
電話：（02）2515-3000
傳真：（02）2515-0033
網址：www.kadokawa.com.tw
劃撥帳戶：台灣角川股份有限公司
劃撥帳號：19487412
法律顧問：有澤法律事務所
製版：巨茂科技印刷有限公司
ISBN：978-957-743-745-7